芝神明宮いすず屋茶話（二）

花火

篠綾子

JN259344

双葉文庫

目次

芝神明宮いすず屋茶話（二）　花火

第一話　夏の願掛け

一

梅雨も明けた六月半ば過ぎ、江戸は毎日、かんかん照りに見舞われていた。

芝神明宮《しばしんめいぐう》の門前茶屋いすず屋に来る客も、口を開けば、暑い暑いとそればかり。

「あんまり、暑い暑いと言わないでおくれ」

女将《おかみ》のおりくが客席の町火消したちにつけつけと言った。

ここ芝一帯を縄張りとする、め組の男たちである。特に、いすず屋によく足を運んでくれるのは、纏《まとい》持ちの勲《いさお》に梯子《はしご》持ちの又二郎《またじろう》、鳶人足《とびにんそく》の要助《ようすけ》という三人組だった。

「勲さんも要助さんも、さっきから『暑い』を連発してますもんね」

いすず屋で運び役を務めるお蝶《ちょう》が言うと、

「あたし、数えてましたよ。勲さんが六回、要助さんが五回」

と、もう一人の運び役、おこんがすかさず続けた。

「嘘だろ、おこんさん。俺はせいぜい、二回くらいしか言ってないぜ」

勲が不満そうに口を尖《とが》らせる。

「いやいや、勲さんは確かに五、六回言ってましたって。けど、俺は勲さんに相槌打ってただけで、自分じゃ、『あちー』なんて一度も言っちゃいませんぜ」

と、要助が続けて抗弁した。

最も口数が少なく落ち着いた雰囲気の又二郎は、仲間たちの言葉に若干あきれ気味だ。

「こうも暑くちゃやってられねえな。冷たい白玉《しらたま》、もう一杯頼むよ」

勲が手拭いで額の汗を拭いながら言うと、又二郎と要助もあとに続いた。三人はいすず屋へ来れば、たいてい芝名物の太々餅《だいだいもち》を頼んでくれるのだが、今日ばかりはひんやりしたものがいいと言う。

これは、冷や水に白玉団子を入れ、上からとろりと蜜《みつ》をかけたものだ。つるんとした舌触りが心地よく、甘みが疲れを癒《い》やしてくれるというので、夏に人気の一品であった。

やがて、おりくが調《ととの》えた白玉三人前をお蝶が席へ運んだ時、店の前に立てかけられた葦簀《よしず》の脇から、ひょいと新しい客が入ってきた。

「いらっしゃいませ」

真っ先に気づいたおこんが明るい声で挨拶《あいさつ》し、お蝶もそれに続いた。職人風の男二人連れで、そのうち一人は顔馴染《かおなじ》みであった。

「亮太《りょうた》さんじゃありませんか」

挨拶してからすぐに、水屋のおりくへ声をかける。

「女将さん、亮太さんがお越しですよ」

「おやまあ、めずらし」

客席と水屋を隔てる暖簾《のれん》から顔を見せたおりくが、年かさの男に目を向けて言った。

「よう、久しぶり」

亮太が片手を上げて、おりくに声をかける。二人は幼馴染みで、共に三十代の半ば過ぎ。亮太の連れの男はまだ若く、二十歳前と見える。

おこんに案内されて席に座った二人は、白玉を口に運んでいる勲たちをちらと横目で眺めてから、白玉と冷たい麦湯を注文した。

用意が調うと、おりくは自らそれを運び、ちょうど手の空いていたお蝶とおこんを呼び寄せた。

「お蝶は知っているよね。それから、こっちはおこん。しばらくの間、うちの店を手伝ってもらうことになったのさ」

おりくが亮太に二人を引き合わせる。

「そうか。お蝶さん一人じゃ、おりくの相手は大変だろうと思ってたんだ。仲間が入ってよかったな」

と、亮太はお蝶に言った後、おこんに目を向け、

「まあ、大変だろうけど、おりくのことをよろしく頼むわ」

と、続けた。

「身内みたいな言い方をしないでおくれよ。あたしの兄さんでもあるまいに」

おりくが不快そうに口を挟む。

「そう言うなって。似たようなもんだろ」

軽く受け流した亮太は、連れの若い男をおりくたちに引き合わせた。

「こいつは、俺の弟弟子《おとうとでし》の悟助《ごすけ》だ」

悟助が白玉の器を手に「どうぞよろしく」と頭を下げる。亮太はにこにこしているが、悟助は職人気質なのか、愛想がよいとは言えない。

「亮太さんたちは何の職人さんですか」

おこんが無邪気な様子で問いかけた。

「俺たちは、鍵屋《かぎや》で働く花火師《はなびし》なんだよ」

と、亮太が心持ち胸を張って答えた。

「まあ、花火師」

おこんが両手を前で合わせて、感動した声を上げた。花火師とこんなふうに話すのは初めてなのだとか。夜は大川《おおかわ》で花火売りの船を出しているのか、今年人気の花火は何というのか、などと張り切って訊き始めた。亮太がそれに一通り答え、会話が一区切りすると、

「それで、今日は何でこっちへ？」

と、おりくが亮太に訊いた。

「そりゃあ、今年の夏も無事に過ごせますようにって、お伊勢《いせ》さまにお参りに来たのさ」

亮太の言う「無事」とは、ただ単に暑い夏を乗り切ることではない。花火師として働くこの夏、事故が起こらず、怪我人も出ないようにという願いをこめてのことだ。「関東のお伊勢さま」と呼ばれる芝神明宮は、本家本元の伊勢神宮参拝がままならない江戸っ子たちにとって、お手軽にできる伊勢参りなのである。

本当は花火が解禁となる五月二十八日の川開き前に参拝したかったが、直前はその準備で忙しく、芝神明宮へ足を運ぶのもままならなかったとか。六月も半ばになって、ようやく暇が作れたそうだ。

「それにしても、お前さんが弟弟子を連れ歩けるようになったとはねえ。悟助さんとおっしゃいましたね。亮太の面倒を見るのは大変だと思いますけど、一つよろしくお頼みしますよ」

おりくが悟助に言うと、「お前の方こそ、俺の姉さん気取りかよ」と今度は亮太が口を尖らせる。お蝶とおこんは顔を見合わせて、ふふっと笑ったが、悟助は「はあ」とやや困惑気味の表情でうなずいていた。

「ま、こいつはこいつで、お伊勢さまに別の願掛けもあったんだよ」

亮太が横に座る悟助の肩をぽんと叩きながら言う。その言葉に、聞き手の女三人はそろって悟助に目を向けた。誰もその中身については尋ねなかったのだが、

「今は離れ離れのお父《とっ》つぁんに、こいつの作った花火を見てもらいたいってな」

と、悟助よりも先に亮太がしゃべってしまった。悟助は一瞬ぽかんとした後、きまり悪そうな表情を浮かべている。

「ちょいと、亮太」

おりくが厳しい声を上げた。

「悟助さんがしゃべっていいって言わないうちから、お前さんが勝手にばらしちまう法はないだろ」

亮太は「えっ」と声を漏らした後、

「しゃべっちゃいけなかったか」

と、悟助の顔をうかがうようにしながら訊いた。

「いえ、別にいいんですけど」

悟助の表情はもう元通りで、その言葉の通り、亮太のことを怒っているふうには見えない。といって、一度気まずくなったこの場をうまくとりなそうとするわけでもなかった。

「まあ、今年はさ。こいつが作った花火を初めてお披露目《ひろめ》するんだよ。自分の花火を身内や親しい人に見せたいってのは、花火師なら誰もが抱く願いだからな」

亮太が話題を無難な方へと引っ張っていく。

「そういや、お前さんの時はやいのやいのと大騒ぎだったねえ。お前さんの二親が近所の連中を誘って両国《りょうごく》へくり出すことになってさ。どんな豪勢な花火かと思ったら……」

思っていたのとは違ったと、おりくが賑やかに話を続けた。

その昔、亮太の花火のお披露目というので、おりくの一家も亮太の両親と一緒に出かけたそうだ。おりくは両国橋を照らし出すような、夜空を彩る花火を想像していたそうだが……。実際、そういう花火もあったのだが、それは親方が弟子を何人も使って仕上げる大花火で、亮太が作ったのは手持ち花火。

筒から火花が噴き出す花火は勢いもあり、見応えもあったはずだと亮太は言い張るが、おりくからすれば、亮太の言葉が大袈裟《おおげさ》だったせいで、肩透かしを食ってしまったという。

「ま、あんまり大口を叩くのはよくないってことだよね」

話は当初とは思いもかけない方へ進み、亮太がおりくにやり込められた格好になって一段落した。亮太はどことなく不平そうな表情を浮かべていたが、

「そうそう」

と、急に気を取り直して、お蝶とおこんに目を向けた。

「こいつが作ったのも手持ち花火なんだけどよ。今月の三十日にお披露目なんだ。都合がよけりゃ、見に行ってやってくれないかな」

またもや、悟助の意向は無視した誘いかけだが、これは兄弟子としての思いやりなのだろう。

「はいはい。話はそれまで」

お蝶とおこんが返事をする前に、おりくが遮《さえぎ》って言った。

「女二人で夜の外出《そとで》なんて無理に決まってるだろ。おこんはお身内の許しが出るか分からないし、ちゃんと任せられる付き添い人が見つかったらの話だね」

「だったら、お前が付き添えばいいだろ。当日は、この俺が作った花火も……」

どこか照れくさそうに言いかけた亮太の言葉は、

「馬鹿だね。あたしだってか弱い女なんだよ」

と、容赦なくおりくに遮られる。

「か弱いって……」

あきれた口ぶりの亮太は、おりくから睨《にら》みつけられ、口をつぐんだ。

「あたし、花火なんて近くで見たことないです。見に行きたいなあ」

おこんがすっかり心を奪われた様子で呟《つぶや》いた。「お蝶さんも見たいですよね」と訊かれ、「そうねえ」とお蝶もうなずく。

「なになに。お二人さん、花火を見に行くんなら、俺たちが付き添ってやろうか」

その時、どうやら話を聞いていたらしい勲が、立ち上がって声をかけてきた。ちょうど帰るところらしく、他の二人も立ち上がったので、お蝶は要助から勘定を受け取る。

「おこんはちゃんとおっ母さんと兄さんの許しをもらわなきゃいけないよ。お蝶だって、そら豆《まめ》の世話を頼める人、探さなきゃいけないだろ」

この時もおりくが口を挟んだ。若いおこんがうっかり男たちの口車に乗せられないよう、気を配っているのだろう。もう二十三歳になる自分はそこまで心配されていないだろうが、お蝶は友から預かっている仔猫のそら豆を思い浮かべた。

お蝶がいすず屋で働いている間、そら豆は隣の一家が快く面倒を見てくれているし、部屋で留守番をすることもできる。一晩くらいなら何とかなりそうだし、お蝶自身、鍵屋の花火に興味があった。

二人の花火師にちらと目をやると、おりくやおこん相手におしゃべりしている亮太に対し、悟助は一人で何やら考え込んでいる。その横顔がふと寂しそうに見え、もしかしたら無口な態度と裏腹に、この人には聞いてもらいたい話があるのではないか——この時、お蝶はそう感じたのだった。

二

芝神明宮へお参りに来て、門前茶屋へ寄ってくれた客の中には、悩みを抱えた人もいる。そうした人の中には、話を聞いてもらいたい人もいて、本人がそれを自覚していないこともある。

お蝶は茶屋で働き始めた時から、そういう人の見分けがついた。どこで分かるのかと訊かれても、うまく答えるのは難しい。根拠などはないし、ただそんな気がするというだけだ。

彼らにそれとなく話してくれるよう持ちかけるのも、お蝶は巧《たく》みだった。そうやって語り出した客の話をお蝶はただ聞く。聞いたところで、これという解決策を示せるわけでもないのだが、話した人は気持ちが楽になったと言うことが多かった。

（悟助さんからは、あの人たちと同じ風情《ふぜい》が感じられた……）

人に何かを打ち明けるのは簡単にはいかないもので、打ち明けたい人と聞き手がいても、うまくいくとは限らない。その場の雰囲気、そこに至るまでの話の流れ、そばに他人がいるか否か、そういったさまざまな事情も絡むからだ。

悟助の場合、語り出せる雰囲気ではなかった。当人の気質からしても、大勢の前で打ち明けるのをよしとはしないだろう。

結局、悟助の話は聞かずじまいになってしまったのだが、花火見物の話はその後、進展した。花火に心を持っていかれたおこんが、翌日には母と兄の許しを取り付けてきたのである。

「女将さんとお蝶さんがご一緒してくださるなら、いいって言われたんです」

目を輝かせて言うおこんを前にすると、おりくもお蝶もその願いを聞き届けたくなってしまう。

「男の付き添いがなしってわけにはいかないけど、勲たちが一緒に行きたそうなことを言ってたしねえ」

思案する口ぶりのおりくに対し、お蝶はうなずいた。

「頼めば引き受けてくださると思います」

「お蝶は一緒に行けるのかい？」

「お隣のお夏《なつ》さんから、お子さんたちを頼まれることがなければ、大丈夫なんですけど」

お蝶は答えた。お蝶が暮らす長屋の隣には、安兵衛《やすべえ》とお夏夫婦、それに子供二人が暮らしている。安兵衛は料理屋で働き、夜も仕事のことが多い。そしてその料理屋で人手が足りなくなると、お夏も手伝いに駆り出されることがあるのだ。

そういう時、寅吉《とらきち》とおよしという兄妹をお蝶が預かることになっていた。夏の夜は特に、お夏が呼ばれることも多くなるので、お蝶としてもそのことが気にかかっている。

「何だね。楽しそうな話をしているようだけれど、この爺《じい》さんにも聞かせてくれないかね」

その時、客席にいた老人がにこにこしながら話しかけてきた。

「付き添いの何のと、聞こえてきたけれど……」

「おや、一柳《いちりゅう》さん。お耳のよいことで」

おりくが言うと、一柳はからからと声を上げて笑った。一柳は趣味が俳句という隠居の老人で、暇も金もそれなりにあるらしく、いすず屋には頻繁に足を運んでくれていた。

「年と共に耳が遠くなったのは間違いないがね。楽しい相談や悪だくみの声は、不思議とよく聞こえるんだよ」

笑いながら言う一柳に、お蝶たちは大川の花火を見に行きたいのだと話した。

「一柳さんは裕福でいらっしゃるから、納涼船にも乗ったことがおありなんじゃありませんか」

お蝶が尋ねると、「昔のことで忘れてしまったけれどね」と一柳はあっさり返す。

「まあ、納涼船ですか」

おこんがうらやましそうな声を出した。

「船の上から見る花火はすばらしいんでしょうねえ」

「あはは、自分の楽しみでというより仕事みたいなもんだったからね」

「株仲間の方々の集まりなどですか」

一柳が隠居前に何をしていたのかは聞いたことがなく、尋ねてもはぐらかされてしまうことが多かった。雰囲気やこれまで交わした会話などから、どこぞの大店《おおだな》の元主人ではないかとお蝶は踏んでいる。

「さあ、どうだったかな」

この日も、お蝶の一柳に対する問いかけは、適当にかわされてしまった。

「しかし、そんな話を聞いちまうと、花火が見たくなってくるよねえ」

一柳が気楽な調子で言い、「あら、それなら」とおりくが言いかけたその時、新しい客が二組入ってきた。女の二人連れと、四十路《よそじ》ほどの男一人である。

おりくはすぐに水屋へ引き返し、お蝶とおこんは客の案内に向かった。おこんに女客たちを任せ、お蝶は男客の相手をする。

「いらっしゃいませ、こちらへどうぞ」

お蝶は物慣れぬ様子で店を見回す男客を、端の方の席へ案内した。股引《ももひき》きに脚絆《きゃはん》を着け、草履《ぞうり》はだいぶ草臥《くたび》れている。東海道《とうかいどう》を歩いてきた旅人にも見えるが、この暑さで菅笠《すげがさ》もかぶらず、旅人が使う振り分け荷物もない。薄汚れた藍色の風呂敷を抱えているだけで、旅人にしては支度が行き届いていない感じを受けた。

「ご注文はどうなさいますか。お茶に麦湯に甘酒、白玉入りの冷や水もございます。太々餅に加え、双頭蓮餅《そうとうれんもち》という蓮根《れんこん》入りの餅もございますが……」

初めての客相手に丁寧に説明しようとしたが、「麦湯で」とあっさり言われた。

お蝶が水屋へ下がると、先にいたおりくが麦湯の用意をしながら、

「訳ありさんって感じだね」

と、客席には届かぬ小声で言う。同じことを思いつつ、お蝶が暖簾の隙間《すきま》から様子をうかがうと、例の男客はまたもやきょろきょろと周囲を見回していた。先ほどは、このような茶屋に来慣れていないのかと思ったが、どうも人目を気にしているふうに見える。

「まさか、お役人に追われてるわけじゃないだろうね」

おりくが心配そうに小声で呟く。

そこへ、おこんが女客たちの注文を取って水屋に入ってきた。入れ替わるようにお蝶は注文の麦湯を盆に載せ、男客のもとへ向かった。

(悪い人のようには見えないけれど、誰かと待ち合わせしているふうでもないし……。何をそんなに気にかけているのかしら)

そんなことを思うお蝶の目路《めじ》の端で、一柳が立ち上がった。

もしや——と思う間もなく、茶碗を手にした一柳は男客の方に向かって歩き出していた。お蝶と一柳はほぼ同時に男客の席へとたどり着く。

男客は一柳を見上げ、少しびくっとした様子で身を縮めた。

「そちらさんはお一人で？　よろしければ、話し相手になっていただけませんかね」

一柳はふだん通りの柔らかな物言いで男客に尋ねかける。

「……そりゃ、かまいませんが」

男客は少し掠《かす》れた声で答えた。

お蝶が男客に麦湯の茶碗を渡すと、男客の隣に腰かけた一柳が待ちかねたように口を開く。

「それじゃ、太々餅を二皿追加で頼みますよ。一皿はこちらのお客さんに、お近付きのしるしとしてね」

「ご注文、ありがとうございます」

お蝶は頭を下げて、水屋へ下がる。「これは、申し訳ない」「いや、気にしないで。ここの太々餅は本当に美味《うま》いから」などと言い合う二人の声が後ろから聞こえてきた。心配するまでもなく、二人は和やかに言葉を交わしているようである。

「太々餅、二人前お願いします」

おりくに客席の状況を伝えた後、お蝶は自分も男客と話をしてみると伝えた。

「まったく一柳さんときたら。まるであたしたちが心配してたのを読み切ってるみたいじゃないか」

苦笑しながら言うおりくも、先ほどのような懸念《けねん》はもう抱いていないようである。

「本当に。時折、一柳さんは何者なんだろうと不思議になります」

前にも似たような場面のあったことが思い出された。訳ありと見える客に一柳が話しかけたことから、その事情を聞き出す流れとなり、一緒に話を聞いたお蝶も関わることになった。結果として、おこんとの仲が深まり、やがてはいすず屋で一緒に働くきっかけともなったのだが……。

「一柳さんが一緒だからって、あまり無茶をするんじゃないよ」

おりくは太々餅を二皿用意すると、お蝶に告げた。

お蝶が一柳たちの席まで戻ると、すでに二人は打ち解けた様子で話をしている。男客は、お蝶が思っていたほど無愛想でも寡黙でもなかったようだ。

「お待たせしました。太々餅になります」

こんがりと焼いた餅を餡で包んだ太々餅を、それぞれに差し出す。

「まさに、これこれ。何といっても芝神明宮の名物だからね。ここ以外にも出してる店はあるけど、太々餅を食べるならいすず屋がいちばん」

などと熱心に勧めつつ、「三郎《さぶろう》さんは、太々餅は初めてかね」と一柳は男客に訊いた。

「あ、はい。太々餅のことは知っていましたが、食べるのは初めてですね」

と、男客――三郎は穏やかな調子で返事をする。

「ああ、お蝶さん。こちらは三郎さんとおっしゃってね。何でも以前は江戸で暮らしていたそうだよ」

三郎は数年前に故郷の下総《しもうさ》へ帰り、今回、しばらくぶりに江戸へ出てきたという。大きな荷物を持っていないのは近場から来たためだったかと、お蝶も納得した。

「ところで、太々餅はどうかね、三郎さん」

お蝶が尋ねる前に、一柳が三郎に尋ねた。半分ほど食べていた三郎は、「いや、一柳さんのおっしゃる通り、実に美味いです」と答えた。表情はあまり変わらないが、生真面目な物言いで、口先だけのお愛想でもなさそうである。

「ご満足いただけてよかったです」

お蝶は笑顔になって言った。

その後、一柳と一緒に話を聞いてみると、三郎はしばらくぶりの江戸の賑わいに、落ち着かない気持ちでいたらしい。これまでは人の少ない漁村で暮らしており、その落差が思っていた以上だったのだとか。

少し不審に思えた三郎の様子も、事情を聞けば何でもない。気にしすぎだったかと考えながら、その後もしばらく、お蝶は一柳と三郎の会話に耳を傾けていた。

三郎は一柳ほど口数が多くないが、訊かれれば素直に返事をし、会話が滞《とどこお》ることもなかった。ただ、三郎がかつて江戸で何をしていたのか、今回何をしに江戸へ出てきたのか、そうしたことは話題に上らなかった。

語る気がないのだろうと思い、お蝶は折を見計らって席を離れた。

一柳と三郎は馬が合ったのか、その後も二人だけで話を交わしていたが、やがて一緒に立ち上がった。

「これから二人で、両国へ行く話になってね」

と、一柳が意外なことを言い出した。

「まあ、ご一緒に、ですか」

何でも三郎が両国へ行くと聞き、一柳も久しぶりに足を延ばそうという気になったそうだ。三郎は久々の江戸ということもあって、心もとないらしい。

「私はまあ、両国に出入りしていたこともあるし、知り合いの店もあるからね。これも何かの縁だ、ご一緒しようと話がまとまったんだよ」

「一柳さんには太々餅をご馳走になった上、ご親切にしていただいて」

三郎は恐縮しているが、一柳に案内してもらえることになって安心したようだ。

結局、三郎の飲食代はすべて一柳が支払って、二人は一緒にいすず屋を後にした。

「一柳さん、いいように集《たか》られてるんじゃないだろうね」

二人が出ていってから、おりくが若干心配そうに呟く。

一柳が裕福で、三郎があまり金を持っていないのは確かだろうが、お蝶には、一柳が他人のいいように操られるとは思えなかった。

二人のやり取りを聞いていたわけではないが、両国へ一緒に行こうと切り出したのは一柳の方ではないのか。

（そうだとしたら、ただの親切にしては度が過ぎるようにも思うけれど……）

お蝶もそのことは気にかかった。とはいえ、一柳が三郎のどこにそれほど惹かれて、世話を焼こうという気持ちになったのかは、いくら考えてみてもさっぱり分からなかった。

三

翌日も江戸の空はきれいに晴れ渡った。朝方、お蝶がいすず屋へ出向くと、店の少し手前で後ろからおこんに声をかけられた。

「おはようございます、お蝶さん。今日も暑くなりそうですね」

「本当にね。今日も早めに葦簀を出しましょうか」

日除けの葦簀はもはや欠かせない。加えておこんが時折、店前《たなさき》の通りに水撒きをすることで、いすず屋は暑さを凌《しの》いでいた。

「女将さん、おはようございます」

二人で一緒に店へ入ると、すでに水屋に入っていたおりくから「ああ、おはようさん」と挨拶が返ってくる。

お蝶とおこんはすぐに襷掛《たすきが》けの格好になると、店を開ける準備に取りかかった。お蝶は縁台の拭き掃除、おこんは店前の掃き掃除と、いつしか分担が決まっている。

掃除が終わると、二人で一緒に葦簀を広げて立てかけた。陽が強く照りつけてくるのは昼過ぎだが、朝のうちから葦簀があると涼しげである。

ここ連日の煮え立つような酷暑の中、葦簀で覆われた茶屋は参拝客たちにとって憩いの場と映るだろう。

こうしていすず屋の一日は始まる。朝の頃、まばらだった客足は昼が近付くにつれ伸びていくが、正午を挟んで暑さが増す頃、また遠のいていく。一柳が店に現れたのはちょうどその時分であった。

「お邪魔しますよ」

いつも飄々《ひょうひょう》とした一柳は薄鼠色《うすねずいろ》の小袖をきちんと着こなし、扇子《せんす》を広げている。この炎天下をやって来たというのに、あまり暑そうにも見えない。

「お暑い中、昨日に続き、ありがとうございます」

お蝶は笑顔で一柳を迎えた。

「一柳さん、いらっしゃいませ」

続けて挨拶したおこんは、暑さにまったくこたえていない一柳の様子に目を瞠《みは》っている。

「一柳さんって、夏にお強いんですね」

「年を取ると、あまり暑さを感じなくなるんだよ」

にこにこしながら言う一柳に「また、そんなこと、おっしゃって」とおこんは笑っていた。

それから縁台に座った一柳は、茶と太々餅を注文した。この季節、冷たい麦湯や冷や水も出しているが、一柳が頼むのはいつも少し温《ぬる》めにした煎茶《せんちゃ》である。

これについては「夏でも冷たいものは飲まない習いでね」という言葉を、以前、お蝶は聞いたことがあった。幼い頃からそう躾《しつ》けられ、今さら変えられないのだと笑っていたが、一柳が今なお健やかなのは、そうした小さな習いの積み重ねかもしれない。特に、あの頑健な勲たちでさえへこたれ気味の猛暑において、ふだんと変わらない一柳の壮健さにはお蝶も驚かされていた。

「お待ち遠さまです」

注文の品を調えて、一柳のもとへ運ぶと、

「両国はいかがでしたか」

と、お蝶は尋ねた。

「ああ、あっちに着いた頃は夕七つ時（午後四時頃）でね。まだ明るかったけれど、夜の花火を見越して、屋台見世《やたいみせ》が多く出ていたよ」

一柳はゆっくりと茶を啜《すす》りながら言った。

「えっ、花火？　一柳さん、花火を御覧になったんですか」

ちょうど手の空いていたおこんがそばへ寄ってきた。

「おこんさんは近頃、花火の話に耳聡《みみざと》くて……」

お蝶は一柳に、おりくの幼馴染みの花火師が店へ来て、花火に誘われたという話を伝えた。

「そういや、昨日も花火を見に行きたいと話していたね。くわしくは聞きそびれちまったけど」

「はい。あたし、ぜひ行きたいんです。母と兄も許してくれましたし」

おこんが熱心に言うと、

「それはあたしたちが一緒ならって話だろ。まだ行けるかどうか分からないよ」

と、水屋から出てきたおりくがたしなめ、一柳の隣に腰かけた。

「それより昨日、一柳さんは花火を御覧になったんですか」

おりくが話を向けると、一柳は「いいや」と首を横に振った。

「そういう心づもりで出かけたわけじゃないからね。三郎さんと一緒に広小路を少し歩いた後、知り合いの小料理屋へお誘いして、日暮れ時には帰ったよ」

「三郎さんって、昨日、ここで一緒になったお客さんですか」

おりくが目を丸くして訊き返す。

「ああ。話しているうちにすっかり気が合ってね」

と、一柳はゆっくりと茶を啜ってから答えた。

聞けば、いすず屋を出た二人は両国へ向けて歩き出したが、炎天下に閉口したらしい。一柳が金を出して駕籠《かご》を拾い、一気に両国橋まで行き着いたそうだ。

三郎の目当てが広小路だと聞いたので、その端で駕籠を降り、二人で広小路をぶらぶらし始めた。

両国橋の西側にある広小路は火除地《ひよけち》として設けられたものである。よって建物は建てられていないのだが、移動の可能な屋台見世やすぐに撤去できる仮小屋などが敷地を埋めていた。本来ならば、それも許されたことではないのだが、目こぼしされているのだ。

「三郎さんのお目当ては、広小路の屋台見世だったのですか」

「私も初めはそう思っていたんだけれどね」

お蝶の問いかけに、一柳はそう応じた後、先を続けた。三郎は特に目当ての屋台見世があるわけでもなければ、そこで人と会う約束などをしていたわけでもないらしい。

「ただ懐かしくて、ここの様子を見たかったと言っていたなあ」

「でも、大川での花火が大掛かりなものになったのは、ここ数年ですよね」

おこんが首をかしげている。一口に数年といっても、その数年で両国は様変わりした。三、四年前なのか、七、八年前なのかで、話もだいぶ変わってくる。

両国を中心に大川で大掛かりな花火見物が催されるようになったのは、今から四年前のこと。

それ以前から花火を楽しむ風習は盛んになりつつあったのだが、その一方で、町中での花火は固く禁じられていた。ところが、この禁令は破られることもあったようだ。

そこで四年前、水神祭の行われる五月二十八日、川開きと称して、両国で大掛かりな花火の打ち上げが行われた。そして、八月二十八日までの三ヶ月間が、大川での納涼花火を楽しむ期間として認められたのである。こうして江戸の年中行事に組み込まれたことで、大川での花火見物は一気に盛大なものとなっていった。

両国の料理屋の二階席は人気の見物席となり、花火見物のための納涼船も出されるようになった。両国広小路に屋台見世や見世物小屋があふれるようになったのもそれからのことだ。

「さあ、数年前に江戸を出たとしか聞いてないからねえ。けど、知り合いと両国で手持ち花火を見たと言っていたっけ」

一柳が三郎との会話を語った。しかし、三郎からはそれ以上のくわしい思い出話を聞くことはなかったそうだ。

「あたしが幼馴染みの作った手持ち花火を見たのも、両国でのことですよ。もう十年以上前になりますが、当時は両国も今ほど開《ひら》けてなくってねえ」

と、おりくがいつになく懐かしそうな口ぶりになって言った。

「女将さんも花火見物に行きたくなってこられましたね」

おこんが期待をこめた眼差しをおりくに向けていた。

「あはは。おこんさんはよほど花火が見たいようだね」

一柳は朗らかに笑った後、不意に真面目な表情になって切り出した。

「実はね、三郎さんと今度、一緒に花火見物をしようって話になってるんだよ」

「一柳さんと三郎さんが、ですか」

お蝶は少し驚いたが、一柳は「ああ、小料理屋の話の流れでね」とさばさばしたものであった。

「聞けば、三郎さんはしばらく江戸にいるというから、今月の末日はどうかってことでね。ほら、夏越《なごし》の祓《はらえ》の日だから、大掛かりな花火も上がるかもしれないだろ」

六月末日は夏越の祓である。神社で茅《ち》の輪《わ》くぐりをしたり、水無月《みなづき》という菓子を食べたりして、残る半年を無病息災でいられるようにと祈願するのだ。

「あら。それって、悟助さんの花火がお披露目される当日ですよね」

おこんが気づいて声を上げる。「ん？」という表情を浮かべた一柳に、おこんが亮太の弟弟子である悟助の話をして聞かせた。

「悟助さんの花火のお披露目も、夏越の祓の日に合わせてなのかもしれないね」

と、おりくも言った。

「そりゃあ、ちょうどいい」

話を聞いた一柳が昂奮気味の声を上げる。

「だったら、私たちと一緒に行かないかね。もしいすず屋の皆さんがご一緒してくれるなら、どれ、この爺さんが納涼船を出そうじゃないか」

「えっ！　納涼船？」

思ってもいない話の成り行きに、おこんが前のめりになる。

「味気ない男二人の花火見物に花を添えてくれるんだからね。そのくらいさせてもらいますよ」

どんと胸を叩く一柳を前に、「女将さん」とおこんが切実な声で呼びかけた。

「まったく、そんな顔されちゃ、駄目だなんて言えるもんかね」

おりくは苦笑しながら「しようがないね」とうなずいた。

「納涼船はともかく、男の人の連れがいないことには、と思っていたんですよ。あたしたちの方こそ、一柳さんにご一緒させていただければありがたいのですが、よろしいのですか」

おりくが表情を改めて頭を下げると、一柳は「そりゃあもう」と大きくうなずいた。

「め組の火消しさんたちが付き添いを申し出てくださったんですけれど」

おこんは少し申し訳なさそうに呟いたが、

「一柳さんとご一緒できるなら、あの連中に頭を下げるまでもないね。ま、お蝶とおこんが出かけるとなれば、勝手についてくるかもしれないけどさ」

おりくはまったく悪びれぬ様子で言う。

「それで、お蝶は一緒に行けそうかい。せっかくのお話だし、こんな機会もめったにないと思うよ」

おりくの言葉にお蝶はうなずいた。

「はい。お夏さんにお話ししてみます。前もって話しておけば、あちらも踏まえてくれると思いますし」

三十日まではまだ七日もあるので、今から頼めば大丈夫だろう。お夏がその晩、家にいてくれるのなら、そら豆のことも頼める。

「皆さんで一緒に納涼船で花火見物。ふふっ、とても楽しみです」

最後におこんが手を叩いて明るい笑い声を上げた。

四

その日、お蝶が長屋へ帰ると、部屋に仔猫のそら豆がいなかった。ならば、行き先は隣に暮らすお夏たちの部屋だ。

「ごめんください」

声をかけると、すぐに中から慌ただしい音がして、戸が開けられた。

「お帰りなさい、お蝶姉《ねえ》」

と、笑顔で迎えてくれたのは、今年六つになる寅吉だ。

「あのね、お蝶姉、そら豆がね」

と、寅吉を追いかけるように出てきたのは、二つ年下のおよしである。そのおよしの後ろから走ってきたそら豆が、板の間からぴょんと跳躍しておよしを追い抜いた。

「にゃあー」

甘えた声で鳴き、お蝶の足もとにすり寄ってくる。

「ただ今、そら豆」

お蝶はそら豆を抱き上げ、微笑んだ。

「もう、お蝶姉ってばあ」

頬を膨らませるおよしに謝り、その頭を撫でながら話を聞く。何でも外で遊んでいた時、見慣れない黒猫と遭遇したらしい。その黒猫はそら豆より体が大きくて、およしの目にも怖そうに見えた。そら豆は黒猫を見るなり、脅えて寅吉の後ろに隠れてしまったのだが、およしが体を強張《こわば》らせて動けないでいると……。

「何と、そら豆の奴、およしを庇《かば》おうと、前に出ていったんだよ」

途中から、およしのまだるっこしい物言いに付き合っていられなくなったのか、寅吉が昂奮気味に告げた。

「ああん、どうして言っちゃうの？　あたしがお蝶姉に言おうとしてたのにぃ」

およしが泣き出しそうな顔で寅吉に文句を言い、その騒々しさにつられたのか、そら豆がにゃあにゃあと鳴き立てる。

「まあ、そら豆はおよしちゃんを守ろうとしたのね。立派だわ。それにおよしちゃんも怖い思いをして大変だったわね。いつも仲良くしてくれるから、そら豆もおよしちゃんのことをとても大事に思っているんだわ」

「本当？　あたしはそら豆にとって大事？」

およしが大きく目を見開いて、お蝶を見上げてくる。

「そうよ。お父つぁんにおっ母さん、寅吉ちゃんがおよしちゃんを大事に思うように、あたしとそら豆にとっても、およしちゃんは大事な子だわ」

お蝶の言葉に、そら豆の鳴き声が重なる。「ほら、そら豆もそうだって」とお蝶が言うと、およしはそれをそら豆の言葉と思って納得したようであった。

「あらまあ、賑やかね。お帰りなさい、お蝶さん」

お夏が奥から現れ、子供たちとそら豆を部屋の中へと追い立てた。

「今聞いたんだけれど、黒い野良猫が現れたんですって？」

「ああ、その猫ね。野良猫かどうかは分からないの。初めて見たけれど、けっこう丸々と太っていたから、どこかの飼い猫かもしれないわ」

「寅吉ちゃんとおよしちゃんには何もなかったのよね」

「ええ、大丈夫。そら豆もね。ちょっと鼻息荒く唸《うな》っていたみたいだけれど、黒猫の方はまともに相手をせず、すぐにどこかへ行っちゃったから」

「あら、喧嘩相手にもならないってこと？」

「そんなところじゃないかしら」

と、二人で笑い合った後、お蝶は今月三十日の晩のことについて切り出した。

「そういうお話なら、ぜひ行かなくちゃ。あたしの方は、もし三十日に仕事を頼まれても断れるから大丈夫よ。それに、当日のそら豆のことも心配しなくていいからね」

お夏は頼もしげに請け合ってくれる。

「ありがとう、お夏さん。そら豆のことは昼間ずっと見てもらっているのに」

「見てるっていうより、そら豆に子供たちの相手をしてもらってるようなもんよ。うちだって、何度も子供たちを任せてるんだからお互いさま。とにかく、花火を楽しんできてよ」

細かいことにこだわらないお夏の大らかな優しさに、お蝶はいつも助けられている。

「本当にありがとうね」

こうしてお夏との話もつき、お蝶は花火見物に行けることになったのだった。


日を空けずにやって来る一柳にその旨を伝えると、さっそく納涼船の手配をしてくれた。三郎とは当日、両国橋の袂《たもと》で暮れ六つ（午後六時頃）に待ち合わせをしているそうで、お蝶たちの同行も当日告げればいいとのこと。

勲たちにそのことを話すと、おりくの予想通り、一緒に行きたがったのだが、納涼船にはもはや新たに人を乗せる余裕がない。

「なら、連れ立って出かけることもないだろ」

と、おりくから冷たくいなされ、勲たちは落ち込んでいた。とはいえ、当日仕事が入らなければ、め組の仲間たちで一緒に両国へくり出そうとも話しているらしい。

夏越の祓当日は、長五郎《ちょうごろう》親分をはじめ、め組の火消したちはそろって芝神明宮へお参りし、茅の輪くぐりをするそうだ。その流れでどこかへ遊びに——となるのもうなずける。

「だったら、当日は両国でばったり、となるかもしれませんね」

おこんは浮き浮きしながら、そんなことを言っていた。

「ところで、見物に行くことを亮太さんたちにお知らせしたんですか」

お蝶がおりくに尋ねると、「いいや」とおりくは答えた。亮太はここ芝の出身だが、今は鍵屋のある日本橋横山町《にほんばしよこやまちょう》で暮らしているという。

「それまでに、うちへ来てくれれば話すけど、そうでなけりゃ放っておけばいいよ。当日はあっちも忙しくて、あたしたちにかまっちゃいられないだろうし」

確かにおりくの言う通りで、当日、花火師とゆっくり話をするのは難しいだろう。

「でも、悟助さんの作った花火がどこでお披露目になるか、聞いているんですか」

「いや、あの時はまだ行くとも決めていなかったからね」

おりくもそのことは聞いておくべきだったと悔やんでいた。

とはいえ、若い衆の作った花火はおそらく手持ち花火で、それ一つで見栄えがするようなものではないだろうと、おりくは言った。亮太の初花火のお披露目の際は、他の職人たちが作った花火と一緒に点火されたらしい。

「こう言っちゃ何だけど、十把一絡《じっぱひとから》げみたいなもんでね」

それだって十年以上前の話だ。今は鍵屋の花火職人の数もずっと増え、前もって聞いておいても、悟助の作った花火を見届けるのは難しいだろう、とおりくは言う。

「あたしたちは亮太の花火の真ん前に陣取っていたから、ちゃんと見ることができたんだけれど、中には自分の倅《せがれ》の作った花火がどれか、分からないうちに終わっちゃった親御さんなんかもいてね」

懐かしそうに言うおりくに、その時、店にいた一柳が「そういう人は泣き寝入りするしかないのかね」と尋ねた。

「まあ、そうなんですけど、懐に余裕のある人は金を払って花火を買うんですよ。そうすると、その職人の作った花火を見物できるんです」

「なるほど。特定の花火を見物できるのが、金持ちの花火見物の醍醐味《だいごみ》というわけだね」

若手職人たちの花火のお披露目は、最初の一回目は鍵屋が独自に行うもので金は取らない。金を取るのは二回目以降というわけだ。

そんなことを話しながら、一柳も含めた四人は当日の花火見物を心待ちにしていた。そのいすず屋へ悟助が一人でやって来たのは、二十七日の昼過ぎのことである。

「悟助さんじゃありませんか。鍵屋の……」

お蝶が気づいて声を上げると、

「……どうも」

悟助はあまり表情を変えずに挨拶した。たまたま一柳がいる時だったので、ちようどよいと、一柳の近くの席へと案内する。

それから、注文の白玉を届ける際、おりくも一緒に水屋から出てきて、悟助に挨拶した。

「悟助さんが来てくださってよかったですよ。三十日、ここにいる四人で両国へ出かけようって話になっていましてね。こちらは、ご隠居の一柳さん。当日、納涼船に誘ってくださったんです」

と、おりくがにこやかに悟助に告げる。

「そうでしたか」

悟助は少し目を見開いた後、一柳に頭を下げた。

「当日は、お兄さんの作った花火が初のお披露目だとか」

一柳は寡黙な悟助に対しても、いつもの調子を崩すことなく、賑やかに話をする。悟助が作った花火はどういう類《たぐい》なのか、そのお披露目とはおりくが話していたように他の若手たちと一緒なのか、それを見逃さないためにはどこに行けばよいか、などなど、一柳は次々に悟助から答えを引き出していった。

一柳を相手にすると悟助も話しやすいのか、口数は少ないながら、会話は滑らかに進んでいく。女三人はいつの間にか聞き役に回っていた。

「それじゃあ、当日はお兄さんの花火を楽しみにさせてもらいますよ」

一通りのことを聞き終えた一柳が柔らかな笑顔で言い、悟助が「はい」と返事をすると、ふと店の中が静かになった。それを待っていたわけでもないだろうが、ちょうど二人連れの客が出ていき、おこんが代金の受け取りと片付けに立っていく。

「ありがとうございました」

と、その客たちを見送って、ふと悟助に目を戻すと、お蝶はその目の中にある色である。

ものを見出した。誰かに話を聞いてもらいたいと願う人の、切実なものを秘めた

「そういえば……」

片付けを終えたおこんがこちらへ戻ってくるのを見澄まして、お蝶は思い出したように口を開いた。

「悟助さんは先日、お伊勢さまに願掛けをしたそうですが、ご利益はありましたか」

「いや、さすがに……」

たった数日でご利益などにはあずかれないと、悟助は首を横に振る。

「今年、お社の中の蓮池で、双頭の蓮が咲いたんですよ。双頭蓮は仕合《しあわ》せを運ぶそうですが、悟助さんも御覧になりましたか」

「いや」

悟助は短く答え、再び首を横に振る。

「だったら、せっかくだから、ぜひ御覧になったらいいと思います。御手洗社《みたらししや》の前の蓮池です」

この双頭蓮がまだ蕾だった頃、その蓮池の前でお蝶とおこんは出会った。おこ

んはそのお蔭で悪運から逃れられたと感謝していたし、その双頭蓮にちなんで、おりくは双頭蓮餅を茶屋で供するようになった。双頭蓮の話とくれば、おりくもおこんもふだんなら一言と言わずしゃべり出すところなのだが、この時は二人とも口をつぐんでいた。

不思議なことに、それまで賑やかにしゃべっていた一柳も口を開かない。

それは、ここで余計なことをしゃべり、話の矛先を変えてしまうと、悟助から語り出す機会を奪ってしまうと、直感で察しているからではないか。

お蝶にも、どのように話を持っていけばいいのかは分からない。あからさまに勧めたところで、相手の気持ちを殺《そ》いでしまうだけだろうが、といって、悟助のような男にはこちらから歩み寄ることも必要なのではないか。

「……そうですか。じゃあ見ていきます」

悟助はそれまでよりも気持ちのこもった声で答えた。

これで悟助が語り出さなければ、これ以上は何も言うまい。悟助が語りたいのは十中八九、再会を願っている父に関することだろうが、父という言葉を出さず、話を先導するのはここまでだ。

お蝶がそう思っていたところ、

「それで、父に会えたらいいのですが」

という呟きが悟助の口から漏れた。お蝶は息を止めたまま、悟助の顔を見つめる。一柳もおりくもおこんも緊張しているようだ。

一方、今の一言を口にした途端、悟助は肩の力が抜けたようであった。鼻からふうっと息を吐き出すと、

「つまらない話ですが、聞いてもらえますか」

と、静かな声で告げたのだった。

五

悟助の言葉に、お蝶、おりく、おこんは真剣な面持ちでうなずいたが、

「ちょいと待っておくれ」

と、一柳だけはすぐに返事をしなかった。

「このお三方は前からの知り合いだろうが、私は今日会ったばかりだ。一緒に話を聞いてもかまわないのかね。何なら、私はこれで帰るけど」

「そんなたいそうな話じゃありませんので」

と、悟助は答えた。一柳が嫌でなければ話を聞き、三十日の花火を見てもらえればありがたいと言う。

「なるほど、花火にまつわる話なんだね」

と、一柳は落ち着いた口ぶりで告げ、静かにうなずいた。

「俺が願掛けしてると、亮太さんが言ってましたが……」

悟助は訥々《とつとつ》と語り出した。その言葉がちょっと詰まったところで、

「あ、ああ。亮太ってのはあたしの幼馴染みで、悟助さんの兄弟子なんですよ。ちょいとおっちょこちょいな男でしてね。先日、あたしたちの前で、悟助さんが願掛けしてるって勝手にしゃべっちまって」

と、おりくが一柳への説明も兼ねて、言葉を添えた。

「その願掛けってのは、離れ離れの父親に、俺の作った花火を見てもらいたいってことなんです」

おりくに続く形で悟助が語る。

「他人《ひと》さまの事情を赤の他人の前でしゃべるのは、ご法度《はっと》ってもんでしょう？亮太はちょいと気配りに欠けるところがありましてね」

おりくが再び口を挟んだところ、

「それ、実の父親のことじゃないんです」

と、思い切った様子で悟助が言った。意外な言葉に、

「えっ」

おりくをはじめ、お蝶とおこんも声を上げてしまう。今度ばかりは、おりくも悟助の滑らかでない説明を手助けできないでいた。

「俺の二親は……もう十年以上前に亡くなっていて。花火を見てもらいたいのは……父親になってもいいと言ってくれた人で」

「養い親ってことかね？」

いちばん落ち着いている一柳が訊き返す。

「……いえ、養い親とも言えないんですが」

悟助の言葉は要領を得ない。

その後、一柳とおりく、時にはお蝶が問いかけを挟みながらじっくり話を聞いてみると、悟助の複雑な生い立ちが明らかになってきた。

悟助は下総の農家の出で、両親は十年以上前の洪水で亡くなったそうだ。その後、物もらいをしながら江戸へ流れてきた悟助は、十年前の夏、とうとう両国橋の袂で力尽きた。

もはや助からなくてもいいと立ち上がる気力を失くしていたところ、亡くなった父親より若干若い男に食べ物をもらい、救われたのだという。

「その人の家へ連れていってもらったのかね」

一柳の問いに、悟助は違うと言った。当時、住まいを持たず両国橋の袂に居つく者は少なくなかったそうだ。お救い小屋もなかったわけではなく、後に悟助はそこの世話になるのだが、その時はそこへ行こうという気も持たず、助けてくれた男も勧めるわけではなかった。

その男は自分のことを「とうさん」と呼んでくれと悟助に告げた。それはどうやら本名にちなんだ呼び名らしく「とう」は「藤」の字を当ててると聞いた。だが、本名が藤次郎《とうじろう》なのか藤右衛門《とうえもん》なのか、そこまでは知らない。

――それじゃあ、父《とう》ちゃんみたいじゃないか。

悟助は亡き父を「とうちゃん」と呼んでいた。故郷から両国橋まで空腹を抱えて流れてくる間、親を亡くした悲しみもつらさもいつしか心の奥底へ追いやっていたのに、藤さんとの出会いによって、唐突にそれが湧き上がってきたのだ。

それまで声を上げて泣いたことのなかった悟助は、「とうさんと呼んでくれ」という、おそらくは深い思惑もなく発せられた言葉のせいで、初めて涙を流した。初め頬を伝うそれが何なのか分からず、困惑したものの、涙だと気づくや、喉の奥から自分のものとも思えぬ声が込み上げてきた。

その場にいた他の者たちが迷惑顔を見せるほどの号泣だったのだろう。

藤さんは泣きじゃくる悟助をその場から連れ出し、人のいない川岸まで付き添ってくれた。そこで、悟助は声が嗄《か》れるまで泣いた。途中で暴れ、藤さんに迷惑もかけただろうと思う。

それでも、藤さんは悟助が静かになるまで一緒にいてくれた。

そして、泣き疲れた悟助に一言告げた。

――俺がお前の「とうちゃん」になってやろうか。

その時、胸に宿った思いをうまく言葉にすることは、悟助には今でも難しい。すぐに彼を父と呼びたいと思ったわけでもなければ、藤さんとの出会いを運命だと思ったわけでもない。大きな驚きや喜びを感じたわけでもなかった。

「ただ……空っぽになった腹の底の方がほんのりあったかくなったように……感じたんです」

と、悟助は当時の気持ちを語った。

初めに「とうさん」と呼ぶよう言われた時とは違う感情で、心が揺れ動いた。

悲しくも悔しくもないのに再び泣きそうになったが、涙は涸れ果てて、もう泣けなかった。

この時、悟助は藤さんの申し出を受け、藤さんの子供にしてもらうつもりであった。だが、すぐに返事はしなかった。幼い子供のように泣きじゃくったのを見られた照れくささもあった。

後から思えば痛恨の極みであり、あの時、どうしてすぐにうなずかなかったのかと、幾度も悔やんだものである。

悟助の話は、過去の出来事に、後から抱いた感慨を織り交ぜながら、でこぼこ道を歩くようにゆっくりと進んでいった。お蝶たち聞き手の四人はもはや問いかけを挟むこともなく、ただ悟助の話に耳を傾ける。

「俺が黙っていると、藤さんは『ちょっと待ってろ』と言って、何かの仕掛けを始めました」

藤さんはいつも身に着けていた風呂敷包みから、筒やら火打石やらを丁寧に取り出した。三寸（約九センチメートル）ほどの竹筒には何かが詰まっている模様で、真ん中にいくつかの穴が開いている。その上部の穴に藤さんは針金を通し、針金のもう一方の端を拾ってきた木の枝に括《くく》り付けた。

木の枝と竹筒が平行する形に並び、針金が縦にそれをつないでいる。木の枝を持つと、針金に竹筒がぶら下がっている格好になった。

「それは、手持ち花火だったんです」

藤さんは竹筒に点火すると、木の枝を持った腕を伸ばし、体から離す。やがて、ぱちぱちと音がしたかと思うと、竹筒の真ん中を貫通する左右の穴から橙《だいだい》色の火花が両方向に飛び出した。

それはあたかも、一対の輝く翅《はね》のようであった。

「『とんぼ』っていう花火だ」

と、藤さんは教えてくれた。

そう言われれば、竹筒はとんぼの体で、その真ん中から左右に飛び出す火花は翅のように見える。

「持ってみるか」

と言われ、悟助は深々とうなずいた。恐るおそる火の点《つ》いた手持ち花火を受け取る。

橙色のまぶしい光が自分のものとなったように思えた。

だが、花火の寿命はあまりに短く、藤さんから受け取ったとんぼの花火は瞬《またた》く間に消えてしまった。せっかく手に入れた宝物をすぐに失くしてしまったかのような、寂しくて虚しい心持ちになった。

——この中に火薬を入れてたんだ。その塩梅《あんばい》で色や勢いが少し変わるんだが、これと同じ様式の『蝶火《ちょうか》』って花火もあってな。『とんぼ』より少し白っぽい色合いになる。

悟助の寂しさを慰めようとしてか、藤さんはそんなことまで教えてくれた。悟助が「なら、蝶火も見せてよ」と言うと、藤さんはひどく申し訳なさそうな表情になり、「今は持ってない」と答えた。

悟助は「何だよ」と土を蹴ったが、そこまで残念だったわけでもない。とんぼの花火を見た感動と満足が大きかったし、何より、ただ藤さんに甘えたかっただけなのだと、後になってから気づいた。

「いつか蝶火も見せてやるよ」

と、藤さんは言い、「うん」と悟助もうなずいた。それは、これからも藤さんと一緒にいるという意を踏まえてのことであったが、藤さんに伝わっていたかどうか。

自分の「とうさん」——「父ちゃん」になってほしいという言葉を、しっかりと藤さんに伝えることはできなかった。その前に、あまりに早い別れの時が訪れたからだ。

藤さんは花火師だった。口ぶりでは、どこかのお屋敷に仕えていたが、何らかの事情で仕事を追われたようであった。

当時の悟助にそこまで理解できたわけではない。その後、自分が町方の鍵屋の花火職人となったことで、どうやら藤さんは町方の花火師ではなく、武家の花火師だったのだろうと、推測したまでである。

今でも、藤さんがどういう身分と立場だったのかは分かっていない。ただ、十年前のあの時、藤さんは江戸を離れようとしており、おそらく両国橋を通って下総へ抜けるつもりだったのだろう。

ところが、そこで悟助と出会い、もたもたと数日を橋の下で過ごしているうち、災いの神の目に留まってしまった。

ある晩、藤さんを追ってきたらしい者たちに見つかってしまったのだ。

橋の下には悟助の他にも寝泊まりする男たちがいた。藤さんは彼らを巻き込まぬようにと考えたのだろう、悟助にも知らせず、ひそかに橋の下から脱け出した。

だが、悟助は藤さんのひそかな行動に気づいていた。その時はまさか藤さんが追われているとは夢にも思わず、ただ自分を捨てるつもりなのかと不安に駆られて、藤さんの後を追ったのだ。

途中でそれに気づいた藤さんは、それまで悟助に見せたこともない厳しい表情で「なぜ来た」と咎《とが》めるような声を出した。「父ちゃんになってくれると言ったくせに」と言い返すことはできなかった。

――このまま地面に身を伏せていろ。人の気配がなくなったら、橋の下まで戻るんだ。

有無を言わさぬ物言いで告げると、藤さんは駆け出した。それまでは人目につかぬよう隠れていたのに、雰囲気が急に変わった。わざと人目につくように、足音を立てて走り出したのだ。

案の定、藤さんを追って、複数の人影が素早く動き出した。だが、悟助は川岸に体を伏せ、ただ震えているだけだった。

やがて、人が川に飛び込んだような大きな水音がしたが、動くこともできなかった。藤さんの言いつけを守ったというより、ただ怖くて動けなかったのだ。

藤さんを追いかけていった者たちの手には、月光に光る刃が見えたから。

悟助が不吉な水音を聞いてから、どれくらいの時が経ったのか。いつしか、恐ろしい追手の気配は消えていた。

悟助はぎこちない足取りで、藤さんが走っていった方へ向かった。おそらく、藤さんは川岸で追手に追いつかれ、川へ飛び込んで逃げたのだろう。だが、その辺りをいくら調べても、手がかりを見つけることはできなかった。翌朝になってから、地を這うようにして痕跡を捜したが、人が争った跡さえ見つけられなかった。

「藤さんは俺の囮《おとり》になって、川へ飛び込んでくれたんです。それ以来、藤さんとは会っていないんですが……」

その藤さんに自分の作った花火を見てもらいたい。藤さんの跡を追いかけるかのように花火師になったことも伝えたい。その思いから芝神明宮へ参拝したのだと、悟助は話を締めくくった。

「皆さんにとっちゃ、どうでもいい話でしょうし、打ち明ける気もなかったんですが……」

と、悟助は少しきまり悪そうな表情を浮かべている。

「あの馬鹿がうっかり口を滑らしちまったんで、話してくれたんですね」

と、おりくが申し訳なさそうに受ける。

「いや、亮太さんが言ってくれなけりゃ、今こうして話すこともなかったですから」

悟助はどことなく肩の荷を下ろしたような表情をしていた。話すためにここへ来たというわけでもないだろうが、話をすることができてよかったと感じているのは明らかで、お蝶もほっとする。

「それじゃ、三十日に」

悟助は代金を置いて立ち上がった。

「あ、お帰りの際、双頭蓮、見ていってくださいね。御手洗社の横ですから」

おこんが思い出したように言い、悟助は「ああ」と大きくうなずいた。

「こりゃあ、三十日の花火見物は味わい深いものになりそうだね」

しみじみと言う一柳に、お蝶は「ええ、本当に」と心から言った。

六

三日後の三十日、いすず屋の三人は昼八つ半（午後三時頃）で店じまいすると、茅の輪くぐりをするため芝神明宮へ参拝した。

「今年の夏はひどく暑かったからね。こういう年の秋や冬は、体を壊す人が多いんだよ。二人とも、しっかりお祈りしておきな」

おりくがいつになく真面目な顔つきになって告げた。

拝殿の前に設けられた大きな茅の輪をくぐるのには、細かい作法がある。左足、右足の順に輪をまたいでから左回りに元の位置へ戻り、今度は右回り、最後にもう一遍左回りして、一礼してから輪をくぐって拝殿へ。その間、「水無月の夏越の祓する人は千歳《ちとせ》の命延ぶといふなり」の和歌を唱えるのだ。

今日まで一年の半分を無事に過ごせたことを感謝し、向こう半年間の無事を祈る大事な行事である。

お蝶にとっては子供の頃から慣れ親しんだ行事だが、今は自分の無事より、源《げん》太《た》と源次郎《げんじろう》の無事を願うものとなっていた。おそらくは、茅の輪くぐりをできない二人のために、二人が残る半年を安泰に過ごせますように、と——。

こうして、茅の輪くぐりを済ませた三人は、その後、芝神明宮の門前で一柳と待ち合わせてから、駕籠屋へ向かって歩き出した。茅の輪くぐりの時は神妙にしていたおこんは、

「今日はもう、朝から楽しみで」

それまでになくはしゃいでいる。納涼船を頼んだ際、一柳は仕出し弁当の注文もしてくれたそうで、おこんは「一生縁がないと思っていた」と言った。「お蝶さんは？」と訊かれ、

「あたしも初めてよ」

と、お蝶は笑いながら答えた。

贅沢なものを目にする機会は、加賀《かが》藩の上屋敷奥御殿に仕えていた時にいくらでもあった。身に着ける着物や道具類も上等なものを与えられ、見栄えのする彩り豊かな膳も見慣れていた。

だが、御殿の外での贅沢は経験がなく、もちろん納涼船も初めてである。

「でも、初めてって言いながら、あたしと違って、なあんか落ち着いて見えるのよね、お蝶さんって」

などと、おこんは言った。

「それは、おこんさんほど若くないからよ」

お蝶は今年で二十三歳になるが、おこんはまだ十七歳。そのせいだろうと思っていると、

「お蝶は昔っから大人びていたよ。危なっかしいところなんて見せたこともない」

と、おりくが横から口を挟んだ。

「そんなことありませんよ。昔から女将さんとお母さまにはいつも助けていただきましたから」

自分の人生に「危なっかしい」と思えるようなことは、これまで何度もあったと思う。十五歳で父親を亡くし、五年余り前に許婚《いいなずけ》が消え、いつまで経っても寄る辺ない境遇から脱け出せなかったのだから。だが、父の死後はおりくがいすず屋で雇ってくれ、許婚が行方知れずとなった後は、おりくの母おゆうがしばらくの間、家に住まわせてくれた。二人の恩は計り知れないほど大きい。

「お蝶はあたしら母娘《おやこ》のお蔭と言ってくれるけどね。実はそうじゃないのさ」

おりくの言葉の意が分からず、お蝶は首をかしげた。おこんも同じらしく、

「どういうことですか」

と、おりくに訊き返す。

「うちの店に来てもらったり、他にもいろいろ、あたしやおっ母さんが手出し口出ししたことはあるんだけれどね。別にお蝶が頼りなくて、放っておけないから

話を持ちかけたわけじゃないんだ。たぶん、あたしらが何もしなくても、お蝶は一人で切り抜けたと思うよ」

「そんなことはありませんよ。今のあたしがあるのは、女将さんとおゆうさんのお蔭です」

お蝶は真剣に言った。

「ま、お蝶がそう言ってくれるのはありがたいんだけどさ。そうだとしても、お蝶がしっかり者なのは確かだよ」

おりくは軽くあしらうふうに言い、

「それは、本当におっしゃる通りです」

おこんが深々とうなずいたところで、一同は駕籠屋に到着した。そこから、一柳が三郎と待ち合わせたという両国橋の西の袂まで駕籠で行くことになる。

（頼りなさそうなところがなくて、しっかり者……か）

お蝶は駕籠に揺られながら、先ほどおりくから言われたことを思い返していた。おりくには頼りっぱなしだと思っていたけれど、先ほどの言葉に嘘や繕《つくろ》ったものはなかった。案外、おりくは本気で「もっと頼ってくれてもいいのに」と思っているのかもしれない。あるいは、手を差し伸べられるまで、頼ろうとしないお蝶をどこかもどかしく感じていたのかもしれない。

そうだとしたら、自分はかわいげのない娘だと思われていたのではないか。だからといって、おりくが自分を疎ましく思ったりすることはないだろうが……。

おりくやおゆうのことは信じているし、お蝶としては頼っているつもりだった。それでも、まずは自分でどうにかしようと考える癖は確かにあり、初めから他人の助けを当てにするような考え方はできない。

幼い頃に母を亡くし、十五歳で父を亡くしたことが、もしかしたら多少は関わっているのかもしれないと、ぼんやり思う。

許婚の源太からも、もっと頼れと言われたことがあった。もちろん、源太のことは頼りにしていたし、差し伸べられたその手にずっとついていこうと思っていたのだが……。

――女難《じょなん》の相をしているね。……女難を受けるのは、この子が関わる男たちだよ。お父さんかね、あなたも気をつけた方がいい。

幼い頃、芝神明宮にふらっと現れた女占い師から告げられた言葉が、耳もとによみがえる。気をつけるようにと忠告された父は、お蝶からうつされた風邪をこじらせ、亡くなってしまった。

（源太も……）

自分のもとから消えてしまった男の面影が浮かんできたが、もうよそうとお蝶は首を横に振った。皆が楽しみにしている花火を前に、憂いの滲《にじ》んだ顔など見せてはいけない。

昔の思い出を心の中から追いやると、ふと悟助のことが頭をよぎった。

十歳頃に二親を亡くした悟助は、お蝶自身の過去に重なる。親の死因までは聞かなかったが、洪水に遭ったと言っていたから、水に流されたか、その後に生じた飢えや病などで命を落としたのではないか。江戸で手を差し伸べてくれた藤さんさえ失った悟助からは、どことなく人に頼ることに不器用そうな様子がうかがえた。

（大事な人と生き別れになったのも、あたしと同じ）

その人の生死が危ぶまれる状態で、離れ離れになってしまったのも――。

藤さんは必ずどこかで生きていると信じている悟助の気持ちが、お蝶にはよく分かる。だからこそ、自分の作った花火を藤さんに見てもらいたいという、悟助の願掛けが叶ってほしいと肩入れしてしまうのかもしれない。

（本当にそうなったら、どんなにいいか）

自分の過去やら、悟助のことやら、いつになくしんみりとしたことを思っているうち、やがてお蝶の駕籠は両国橋の袂に到着した。先に到着していた一柳とおりくが、先日いすず屋に来た三郎と一緒に話を交わしていた。

「今日は押しかけてきてしまい、申し訳ありません」

お蝶が三郎に挨拶すると、三郎は人の好さそうな表情で「そのことは一柳さんからもう伺いましたので」と穏やかに言った。先日のような股引きに脚絆という格好ではなく、麻の小袖姿ではあったが、草履は相変わらず草臥れている。

「それより、納涼船に乗せていただけるなんて、本当にいいんですか」

三郎は一柳に目を向け、申し訳なさそうに訊いた。

「いいんだよ。納涼船はいすず屋のきれいどころのために用意したんだからさ。三郎さんはついでになっちまって、申し訳ないけど」

一柳が軽口を叩き、「そういうことでしたら」と三郎は苦笑しながらうなずいた。

最後におこんの乗った駕籠が到着し、三郎との挨拶も終わると、一柳の先導で船着き場へと向かう。

「ここんところ、花火は毎晩のように見に来てるんですが、納涼船に自分が乗るなんて」

三郎はいまだに信じられないという様子で呟いていたが、

「おや、毎晩、花火を？」

おりくが三郎に目を向けて訊き返した。

「人が買ったのを見るだけなら、金はかからないもんで」

「三郎さんは花火がお好きなんですね。江戸へは花火を御覧になるために？」

おこんが無邪気に尋ね、「いや、そういうわけじゃ」と三郎が困惑気味に答えた。

「まあ、花火が好きなのは確かなんですが」

とは続けたものの、それ以上の言葉は聞かれなかった。

それから一同は船着き場へ到着し、仕出しの弁当が届くのを待ってから、船で夕方の大川へと乗り出した。

用意された弁当は三段の重箱が二つもあり、中には握り飯の他、玉子焼きに椎《しい》茸《たけ》や干瓢《かんぴょう》、昆布《こんぶ》などの煮しめ、焼き豆腐、かまぼこ、胡瓜《きゅうり》の漬物など、いくつものお菜がぎっしりと詰められていた。

「わあ、こんなにたくさん」

「本当に。見ているだけで浮き浮きしてしまいます」

おこんとお蝶は明るい声を上げて喜んだ。おりくは一柳に礼を言った後、「ついでにこれもどうぞ」と言って、持参した太々餅と双頭蓮餅を取り出して並べた。

「さあ、花火が始まったら、ゆっくり食べてもいられないから、先に腹に入れておくとしようかね」

一柳の一言で、皆は「いただきます」と弁当を食べ始めた。「美味《おい》しいです、こんなのは初めて」と何度も言うおこんに、「お前は今まで小料理屋で働いてたんだから、そうそう珍しいもんでもないだろうに」とおりくが首をかしげる。

「それはそうですけれど。自分で食べるものじゃありませんから」

供する側と供される側では、ぜんぜん違うとおこんが言い、確かにそうだと皆で笑い合ったりしながら、水上での楽しい食事の時は過ぎていった。

おりくの持参した太々餅と双頭蓮餅も、三郎に喜ばれた。

「前にご馳走になった時、本当に美味しかったんで」

と、太々餅を口にし、初めて食べる双頭蓮餅には「この甘辛いたれがいいですね」と舌鼓を打っている。

それから双頭蓮餅がどうやって生まれたのか――芝神明宮の蓮池に咲いた双頭蓮の話を、お蝶とおこんの二人で三郎に聞かせたのだが、三郎はその双頭蓮を見ていなかった。

「案内役がいるわけでもないから、皆さん、見逃してしまうんでしょうね」

悟助もいすず屋で聞くまでは双頭蓮に気づいていなかったようだし、もっと参拝客に知ってもらう工夫が必要なのではないかと、お蝶とおこんは言い合った。

「そうだねえ。うちの双頭蓮餅を広く知ってもらうためにも、何か工夫が要るかもしれない」

と、おりくが思案するふうに呟き、

「双頭蓮を見に、もう一度、お伊勢さまに行きますよ」

と、三郎も話を合わせる。そうこうするうち、暮れ六つの鐘が聞こえてきて、

「お客さん」

と、船頭が声をかけてきた。

「花火船があっちに何艘《そう》か集まってるんで、少し船を動かしますぜ」

船頭が川下の方を指さして言った。

「ああ、お願いするよ」

と、一柳が受ける。船頭の指す方角にはその通り、花火船が同じ向きに舳先《へさき》を並べて停まっていた。

「今夜は夏越の祓なんでね。特別に、金を取らない見世物があるんでさあ」

と、船頭が語った。

両国の料理屋や船宿が金を出す川開きの大花火ほどではないが、鍵屋が中心になって催す今夜の見世物も、懐の寂しい江戸っ子たちから愛されているのだとか。

「手持ち花火を一気にたくさん見られるのは、この時だけですよ」

少し自慢げに告げる船頭に、「知っていますよ」とおりくが返事をした。

「知り合いに鍵屋の花火師がいましてね。今夜は、若い花火師たちが作った手持ち花火のお披露目なんでしょう?」

「おや、そこまでご存じで。こりゃ、失礼しやした」

いかつい顔をした船頭がおどけたように言った。

「お知り合いがおいでなら、ぜひ近くまで船を寄せなきゃね。場所がどこになるか知らされていなかったんで、少し出遅れちまいましたが」

船頭は張り切って竿《さお》を動かす。

「ああ、あまり無理をしなくてもいいですよ。それを見逃しちまった時は、改めて悟助さんの花火を買えばいいんですから」

一柳が船頭に声をかけると、「えっ」と三郎の口から小さな声が漏れた。

「ん？」と一柳が訊き返そうとし、お蝶も三郎に目を向けた時、

「あっ、始まりましたよ」

と、おこんが大きな声をかけ、「ええい、間に合わなかったか」と船頭が残念そうな声を上げる。

それで、皆は花火船のいる川下へと目を奪われた。左端の花火船から、ぱあっと大輪の花を思わせる花火が浮かび上がる。水上に咲く花と、水面に咲く花。まばゆい橙色の牡丹《ぼたん》が二輪咲いたようだ。と思うと、その花火が消える前に、隣で一回り小ぶりの花火に火が点いた。続けて、また大きな花、次いで小さな花。

交互に手持ち花火が大小の牡丹を咲かせた後、宙に浮かぶ竹筒の花火の真ん中から、左右に火花が飛び出した。

「あっ、あれってとんぼですよね」

と、おこんが弾んだ声を上げる。

「いや、お待ち。ほら、隣の花火の方が橙色をしているだろ。とんぼはあっちだ

よ」

と、おりくが冷静に指摘した。

「そういえば、白っぽいのは蝶火でしたっけ」

お蝶が悟助の話を思い出しながら言う。

花火船の催しは、花から虫を模したものへ移ったらしく、今は蝶火ととんぼを交互にくり出しているようだ。

悟助は思い出深いとんぼを作ったそうだが、生憎《あいにく》、どの花火が悟助のものなのかは分からなかった。

やがて、長い筒を使った花火が登場。その長さを生かして、筒先から噴き出る花火をわりと長い間楽しめる趣向となった。

柳の枝のような細い火花が斜め上を向いた筒から吐き出され、緩やかな弧を描きながら水面へ落ちていく花火。

ばちばちと大きな音を立てて、鮮やかな橙色の火花を噴き出す花火。

少し青っぽい火の混じった落ち着いた色の花火。

花火師たちが手にしている筒は同じように見えるのに、火薬のちょっとした違いなのだろう、さまざまな花火を楽しめるように工夫されていた。

「わあーっ」

花火が終わると、納涼船や近くの川岸から観客たちの歓声が上がる。やんややんやと器に箸を打ち付けて騒いだり、手を叩いて喜んだりする観客などもいて、ちょっとした大騒ぎだ。

「名前の分からない花火もいっぱいあったけど、どれもきれいでしたね」

頬を紅潮させて言うおこんに、お蝶も気持ちを昂《たかぶ》らせたままうなずいた。

「ええ。とんぼや蝶火も思い描いていた以上に素晴らしかったわ。最後の青っぽい花火ははかなげで……」

「あれは、金蘭花《きんらんか》って言うんですよ」

お蝶たちの会話に入ってきたのは三郎だった。

「あ、三郎さん。花火にくわしいですね。それじゃあ、いちばん音が大きくて、火花の鮮やかだったのは……」

「都《みやこ》わすれですね」

おこんの問いかけに、三郎はよどみなく答える。

「それより、お二人はとんぼと蝶火の違いがよくお分かりでしたね」

と、今度は三郎の方から探るように問いかけてきた。

「あ、それは知り合いの花火師さんから……」

おこんが答えると、三郎はその目を一柳の方へと向けた。

「そういえば、先ほどお知り合いの名をおっしゃっていましたが……」

「ああ、悟助さんのことだね」

一柳が答え、「あたしの幼馴染みの弟弟子なんですよ」とおりくが続ける。

三郎がひゅっと息を呑んだ。

何をそんなに驚いているのかと、お蝶を含む四人の眼差しが三郎に集まる。

(まさか――)

いや、そんなはずがない――と、お蝶の心の中の声が言う。落ち着け、考えすぎだと促してくる。

(でも、悟助さんはお伊勢さまに願掛けをした。この前は、あたしたちの勧めで双頭蓮も拝んだはず)

その悟助の願いが今まさに聞き届けられようとしているのではないか。

(いえ、でも、三郎さんの名前には『とう』が入っていない)

そうは思うが、三郎が本名かどうかなど、お蝶たちには知りようがないのだ。

「船頭さん」

と、一柳が静かな声で呼びかけた。

「少し静かなところへ移動してくれるかね。もうしばらくして他の船が動き出したら、目当ての花火船に向かってもらいたいんだが」

「へい」

船頭は承知し、ゆっくりと船を動かし始めた。

「さて、三郎さん」

花火が消えて薄暗くなった船上で、一柳が三郎に呼びかけた。少しうつむいていた三郎はゆっくりと顔を上げる。

「悟助さんは私たちの知り合いなんだが、その様子からすると、三郎さんのお知り合いに、悟助というお人がいるんじゃないかね。それも、花火と縁のある悟助さんが……」

一柳の問いかけに対し、すぐに返事はなかった。

誰も口を開かず、沈黙が下りる。

ややあって、少し遠くの方から、どおんという大きな音が聞こえてきた。その少し前に橙色の光が目の端をよぎったが、お蝶は三郎から目をそらさなかった。

「悟助ってのは、知り合いの子供で……。いや、今はもう子供じゃないですが」

言い訳でもするように、三郎は語った。

「花火と縁があるのは、俺の方で……。俺は前に花火を作ってたもんで」

「やけに花火にくわしいと思っていたけれど、三郎さんは花火師だったんだね」

一柳の言葉に「へえ」と三郎は素直に答えた。

「悟助とは両国で行き合いましてね。十年ほど前でしたか、一緒にいたのはほんのわずかだったんですが……」

「三郎さんはその悟助さんに、とんぼという花火を見せやしなかったかね」

一柳の問いかけに、再び三郎は息を呑んだようであった。が、ややあってから「へい」と覚悟を決めた様子で答えた。

「なら、もう一つだけ訊かせてほしい。三郎さんの本名にはもしや、『とう』がつくんじゃないのかね」

「……へえ。私の本当の名は藤三郎《とうさぶろう》です」

緊張のせいで掠れた声がはっきりと告げた。

一柳は一つうなずくと、藤三郎にはもはや何も尋ねず、「船頭さん」と呼びかけた。

「鍵屋の花火船に付けておくれ。悟助という花火師が乗る船を見つけてほしい。

今夜、花火船に乗っているってことは本人から聞いているから」

「へえ。かしこまりやした」

一柳の言葉に、船頭は待ってましたとばかりに返事をする。

藤三郎はじっとうつむき、岩のように動かない。

その後、一柳が藤三郎に語りかけることもなければ、おこんがはしゃぐこともなかったので、納涼船は静まり返っていた。時折、すれ違う納涼船からは賑やかな笑い声や三味線の音などが聞こえてくるが、それもどこか、現実のものとは思えぬような気がする。

(悟助さんは藤三郎さんと別れてからも、ちゃんと一人で生きてこられた。しっかり者なんだろうし、誰かに頼らなくちゃ生きられない人でもない。でも……)

どんなしっかり者でも、年がら年中強いわけではない。悟助だって、お蝶だって。

父になろうと言ってくれた藤三郎に、悟助は頼りたかったはずだ。差し出された「とうさん」の手をつかむことはできなかったが、その思い出があったからこそしっかり生きてこられたのだろう。悟助が花火師になったのも、藤三郎が父になろうと言ってくれたからではないのか。

そう思うと、今、悟助がいちばん望んでいることが何なのか、お蝶には分かる気がした。

「藤三郎さん」

気がつくと、お蝶は真剣な声で呼びかけていた。

「花火船の近くまで行ったら、藤三郎さんが注文してくれませんか。お好きな花火を悟助さんに――」

「……………」

藤三郎はお蝶に目を向けたまま、無言であった。

「そりゃあいいね」

と、おもむろに声を発したのは一柳である。

「私が注文しようと思っていたが、くわしいことは分からない。ここは花火にくわしい藤三郎さんにお願いしよう」

「ですが……」

「悟助さんを名指しでね。頼んだよ」

躊躇《ためら》う藤三郎に、有無を言わせぬ口調で一柳は言った。

「……はい」

藤三郎は声を震わせて返事をした。

それから船頭は器用に竿を操り、あちこちに散った花火船に近付いては尋ね、悟助が乗っている花火船を見つけ出してくれた。

「悟助？　ああ、ここにいるよ」

というのんびりした声に聞き覚えがあると思ったら、何と亮太ではないか。

「おっ、おりくじゃねえか。悟助から聞いてたが、皆そろって来てくれたんだな」

おりくに気づいて、嬉しそうな声を上げている。おりくは「しっ」と亮太を睨みつけて、黙らせたようだ。それから、「さ、藤三郎さん」と促すように優しく声をかける。

藤三郎が顔を上げ、おりく、一柳、おこんの顔を見つめた後、最後にお蝶に目を向けた。お蝶はゆっくりとうなずいてみせる。

藤三郎の眼差しが近くに寄せられた花火船へと向けられた。亮太の隣に座っていた悟助のところで、その目が据えられる。悟助の眼差しもまた、藤三郎に吸い寄せられていた。

「……手持ち花火を買いたいんだが」

藤三郎が掠れた声で言う。

「へえ」

悟助が返事をした。小声だったが、はっきりと聞こえた。その緊張した息遣いまで含めて。

「とんぼを頼むよ」

藤三郎の声もよく聞こえた。周囲の喧騒がどういうわけか遠のいていく。

悟助は黙々と花火の準備を始めた。

中心の上部の穴に針金を通した三寸ほどの竹筒――悟助から聞いていた通りの形をしている。針金は手持ちの棒に括り付けられており、それを船に立っている悟助が持っていた。

お蝶たちの乗る船の船頭が、花火船から少しだけ距離を取る。

「それじゃあ、まいりますよ」

掛け声は点火の蠟燭《ろうそく》を手にした亮太がかけた。手持ち花火の竹筒に火が点けられる。

ジジッ、とも、バチッ、ともつかぬ音がして、それからわずかばかりの間を置き、悟助の持つ竹筒の真ん中から火花が左右に噴き出した。

先ほど少し離れた場所から、次々に点火される花火を見た時よりも、間近で見るとんぼの花火はまばゆいほどに明るく、夢のように美しく、あたかもそこがこの世の中心であるかのように輝いていた。

火の点いていた時はあまりに短くはかなかったが、その輝きはまぎれもなく藤三郎と悟助のものだ。

「いい花火をありがとさん」

一柳が悟助に声をかけ、金を渡した。

藤三郎と悟助は互いから目をそらすことができぬまま、見つめ合っていたが、言葉を交わすことはなかった。

鍵屋の花火船はゆっくりと離れていく。

「さあ、とんぼに蝶火、他にも大ぼたん、手ぼたん、さっきお披露目した手持ち花火がございますよ」

花火師の掛け声が遠ざかっていく。

「どういたしやすか」

納涼船の船頭が一柳に尋ねた。

「ああ、この辺りをゆっくり回ってから、岸へ着けておくれ」

一柳がゆっくりと答え、船頭が竿を動かす。

「何とお礼を言っていいか……」

藤三郎がその場で深く頭を下げた。

「まあ、今晩はただ花火を楽しもう」

一柳が穏やかに言い、お蝶たちはうなずいた。

その時、先ほど聞いたようなどおんと腹に響くような音がした。

「見てください。大きな花火」

おこんが明るい声を上げ、川下の空を指さした。

菊とも牡丹とも思えるような華やかな花火が夜空を美しく彩っていた。

第二話　蝶火

一

お蝶たちが両国へ出かけた翌七月一日、江戸は久しぶりの雨降りとなった。蒸し暑くはあるが、陽が照り付ける炎天下よりははるかにましだ。が、雨降りは茶屋を訪れる人の足も鈍くなる。

そんな日でも、一柳はいすず屋へ足を運んでくれた。

「一柳さん、昨晩は本当にありがとうございました」

おりくをはじめ、お蝶とおこんもそろって一柳に頭を下げた。

「今日はお代はいただきませんので、何でもお好きなだけ注文してくださいな」

と、おりくは言い、「いや、悪いねえ」と一柳はにこにこしている。

「二人とも、一柳さんをしっかりおもてなししておくれ」

おりくから言われたお蝶とおこんは、他の客もいない昼過ぎ、自然と一柳の席の傍《かたわ》らで、その話し相手を務めることになった。

「それにしても、一柳さん。藤三郎さんが悟助さんの捜しているお方だって、いつ気づいたんですか。まさか、最初から疑っていたわけじゃありませんよね」

おこんは昨晩からそのことがずっと気になっていたのだと言う。

「まさか、そんなことあるわけないだろ。気づいたのは皆さんとほぼ同じだろうね。悟助さんの名前を聞いた藤三郎さんの様子が変わったのを見て、おや、と思ったんだよ」

「あたしももしかしたらって思ったのは、その時ですけれど、一柳さんは藤三郎さんと初めて顔を合わせた時から、ずいぶん気にかけておいででしたよね」

お蝶は一柳の表情をうかがった。

「あ、それ。あたしも不思議に思っていました。もしかしたら一柳さんは、藤三郎さんには何かあるって目星をつけてたんじゃありませんか。両国まで一緒に出向いたり、花火見物の約束をしたりしたのも……」

おこんが身を乗り出すようにして言う。

「何かあるなんて、そんなたいそうな考えじゃないよ。そもそも、私はあの時、悟助さんのことを知らなかったんだからね」

　お蝶たちは悟助と先に知り合い、その後、藤三郎と出会ったが、一柳は確かに順番が逆であった。

「まあ、何か複雑な事情があって江戸へ来た人なんだろうとは思ったよ。どうしてかって訊かれても返事に困るけど、それが年の功ってやつじゃないかねえ。とはいえ、お蝶さんも何となくそういうのが分かるんじゃないのかい？」

　急に一柳から探るような目を向けられ、「えっ」とお蝶は驚いた。

「もちろんお蝶さんは年の功じゃなくて、生まれ持ったものなんだろうけど」

「あたしにそんな格別な力は……」

「そう大袈裟なもんじゃなくてね。あ、この人は話を聞いてもらいたがってる、と分かることがあるんじゃないのかい？」

「あ、それなら、何となく感じることはありますが……」

　お蝶が答えると、一柳は「やっぱりね」というようにうなずき、おこんは「えっ、本当ですか」と驚いた表情になる。

「さすがはお蝶さんです」

おこんは素直に感心したような目を向けてくる。そして、

「思い返せば、蓮池で初めてお会いした時、話しかけてくれたのもそういうご親切からだったんですね」

「おこんさんとのことはそういうのじゃないわよ。双頭蓮が話すきっかけをくれたんだから」

そんなことを語り合いながら、一柳が特に藤三郎と親しくなった理由を尋ねたが、そこに何らかの意図などはなく、本当に偶《たま》さかのことだったようだ。

「でも、この茶屋での出会いがめぐりめぐって、離れ離れの二人を結び付けることになるなんて」

おこんはいまだに信じられないようだが、一柳は落ち着いたものであった。

「そう驚くほどのことでもないだろうよ。何たって、ここは関東のお伊勢さまなんだからさ」

「それにしても、藤三郎さんと悟助さん、昨晩はゆっくりお話もできなかったでしょうし、いつか落ち着いて会えるといいんですが」

あの後、お蝶たちは船着き場で藤三郎と別れたが、仕事で来ている悟助とは会えなかった。

「そうだね。藤三郎さんは近いうちにいすず屋へ顔を出すと言っていたから、そこで悟助さんの今の状況を伝えられるといいんだがね」

「それは、女将さんが必ずお伝えするとおっしゃっていますから」

亮太を通せば悟助と連絡《つなぎ》を取ることも可能だと、おりくは言っていた。藤三郎がもうしばらく江戸にいられるのなら、会う算段もつけられるはず。場合によっては、悟助にいすず屋へ足を運んでもらおうと女三人で言い合っていたのだが、生憎の雨はやむ気配もない。

一柳が来て半刻（約一時間）ほどが過ぎたが、藤三郎も悟助も現れなかった。

「今日は、どちらもお見えにならないかもしれませんね」

お蝶が雨音を聞きながら言うと、「ま、昨日の今日だしね。焦ってもしょうがない」と一柳はのんびりしたものである。

「そうそう。雨といえば、親子にまつわる話があるんだけど、聞きたいかね」

一柳が不意に話を変えた。

「親子って、藤三郎さんと悟助さんみたいですね」

「生憎、あの二人とは似ても似つかない親子の話なんだが……」

と、一柳からは言われたが、お蝶は「聞かせてください」と頼んだ。一柳から教えてもらう面白おかしい話や不思議な話は、寅吉とおよしを預かった晩、聞かせてあげると喜ばれるのだ。だから、一柳にはその類の話を教えてほしいと以前から頼んであった。

「そうかね。それじゃあ、始めるよ。あるところに、ひねくれ者の息子がいたんだ。父親の言うことに逆らって、とにかく何でも反対のことをする」

「たとえば、どんなことですか」

お蝶の問いに、うんうんとうなずきながら、一柳は答えた。

「川へ行って魚を獲《と》ってこいと言えば山へ行き、山で薪《たきぎ》を拾ってこいと言えば川へ行く。まあ、そんな具合だね」

「嫌な子ですねえ」

と、おこんが顔をしかめた。

「いつまで経っても、根性が直らなかったもんだから、父親はこう考えたんだ。『自分が死んだら山に埋めてほしいが、そう言えば息子は川の近くに埋めるだろう。そうしたら墓が川に流されてしまう。こうなったら、反対のことを言うしかない』とね。そこで、『自分が死んだら川のそばに埋めておくれ』と息子に言い残して、父親は死んだ。さて、この息子だが、父親が死んで初めて、今まで逆らってばかりで親不孝をしたと反省する。最後くらい父親の言う通りのことをしてやろうと、父親の骸《むくろ》を川のそばへ埋めたんだ」

「それじゃあ、その父親が心配していたように、川の水があふれて、墓が流されてしまったんじゃありませんか」

「それがね、息子もそれを心配して、雨が降る度に『お父つぁんの墓が流されちまう』と言って泣いたそうだ。その息子は死んでから蛙《かえる》に生まれ変わったんだがね。その後も、雨が降る度に鳴き続けたんだと。はい、これが雨蛙誕生のお話だよ」

「あらまあ、雨蛙になっちゃったんですか」

おこんが頓狂《とんきょう》な声を上げ、お蝶と顔を見合わせた。一瞬後、二人は声を上げて笑い出した。

「雨蛙は親不孝者なんですねえ」

「それじゃあ、親不孝じゃない悟助さんは、雨降りの日は来ないかも」

などと言い合っているうち、時は過ぎていったが、藤三郎と悟助どころか、他の客も現れることはなかった。

「太々餅か双頭蓮餅のお代わりはいかがですか」

それぞれの餅を一皿ずつ平らげた一柳は、もうこれ以上は食べられないと言い、「また明日、お邪魔するよ」と言って、雨の中を帰っていった。

「明日は雨がやんで、お二人のどちらかが来てくださるといいですね」

片付けをしながら言うおこんに、「本当にそうね」とお蝶は返した。


翌日の二日は雨が上がり、再び暑さが戻ってきたが、待ちかねた藤三郎が現れ、一柳が来るまで待たせてほしいと告げた。

その後、半刻ほどして一柳が現れると、藤三郎はすぐに立ち上がって、深々と頭を下げた。

「先日は、すばらしいお席にお誘いくださり、ありがとうございました。あのような贅沢はそれだけでも勿体《もったい》ないことですのに、長年の望みまで叶えていただきまして……」

「いや、長年の望みとやらの件で、礼を言ってもらうには及ばないよ。花火を選んでくれとお願いしたのはこちらだしね」

一柳は藤三郎の隣に腰かけ、藤三郎にも座るよう促した。それから太々餅と茶を注文し、お蝶がそれを運ぶと、

「ところで、藤三郎さん」

と、改まった様子で切り出した。

「私らもご縁があって関わっちまった以上、差し支えない限り、事情を教えてもらえればと思っているんだ。こちらの女将さんは、悟助さんの兄弟子さんのお知り合いだしね」

一柳は水屋の方にちらと目を向けて言う。おりくは水屋に留まっているが、藤三郎の話を聞いておくようにとお蝶は頼まれていた。そこで藤三郎が承知したのを受け、二人の前の席に腰を下ろした。

「先日もお話ししましたが、私はかつて花火師をしておりました。十年前、とある事情から仕事を辞めて江戸を去ることになったんですが、悟助とはその時に出会ったんです」

花火師を辞めることになった事情は複雑そうであった。悟助もくわしくは知らなかったが、当時、両国で藤三郎が命を狙われたことに関わるのだろう。やはり、おいそれと語ることはできないらしく、藤三郎はそのあたりはぼかしたまま話を続けた。

「悟助からどこまでお聞きか存じませんが、私はあの子の父親代わりになるつもりでした。あの頃の私にそこまでの甲斐性はなかったのですが、どういうわけか、絶対にあの子の親になろうと思ってしまいましてね。けれど、大川の水に流されて、あの子と離れ離れになって……」

追手をかけられ、殺されかけたという話は藤三郎の口からは出てこなかったが、一柳は分かっているというふうにうなずいてみせた。

「その後、私はしばらく江戸に入ることができませんでした」

と、口惜しそうに藤三郎は言う。追手の目をくらませるためか、逃亡の際に傷でも負わされたものか、その理由は明かさなかったが、藤三郎は下総でひっそりと生き延びていたという。

ただ、ずっと悟助のことは気になっており、下総でも悟助を捜していたそうだ。悟助自身から下総の出身だと聞いていたが、再会は叶わなかった。

そこで、やはり悟助は江戸で暮らしているのだろうと考え、江戸へ入る決心をしたのが三年前。手がかりは両国にしかなかったが、それでも時折、江戸へ出てきては悟助を捜し続けていたという。

「下総が故郷というのも、しばらくぶりに江戸へ出てきたというのも、口から出まかせでして」

申し訳なさそうに、藤三郎は身を縮めて言った。

「だが、何度か江戸へ来ていたのなら、花火師となった悟助さんとたまたま会うことはなかったのかね。悟助さんは両国へ出入りしていただろうし」

「それが、悟助が花火師になっているとは思いもしませんで。それに、花火の季節に両国を出歩くのは、今年が初めてなんです。万一ですが、昔の知り合いと鉢合わせするわけにはいきませんので」

と、藤三郎は小声で告げた。

「なるほど。しかし、それならなぜ、今年に限って夏の両国に出入りしようと思ったんだね」

「昨年の冬、たまたまなんですが、十年前、両国橋の下で寝泊まりしていた中の一人と再会できましてね。悟助と思われる子供が数年前、鍵屋に拾われたって教えられたんです。又聞きの又聞きではあったんですが、それ以外に手がかりもなくて。鍵屋の近くをうろつくわけにいきませんから、夜の両国で花火師たちの顔を確かめることにしたんですよ」

三年間捜し続けて、ようやくつかんだ手がかりにすがる気持ちはあったものの、一昨日の晩の再会はいまだに信じがたい気持ちだと、藤三郎は言った。

「いすず屋さんで一柳さんや女将さんたちと知り合ったことで、こうもするすると十年来の宿願が叶うとは――」

まさに芝神明宮のご利益だと言う藤三郎の声は、わずかに震えていた。

「立派になった悟助の姿を一目見ることも叶いました。これで心置きなく江戸を離れることができます」

藤三郎の言葉に、お蝶は「えっ」と思わず立ち上がりそうになる。

「お待ちください。悟助さんと会って、ゆっくりお話をなさるつもりはないのですか」

「そうしたい気持ちはやまやまですが、私が生きていると知られるわけにいかないのです。もちろん、今も追われているわけではありませんし、私自身は鍵屋とは何の関わりもありません。だから、今のところは大丈夫でしょう。ですが、花火師となった悟助においそれと近付くことは……」

無念そうに藤三郎は首を横に振る。

「ですが……」

悟助は藤三郎が江戸を発《た》ったと知れば、どんな気持ちになるだろうか。

「女将さんを通せば、悟助さんにはこちらから連絡を取ることができます。今、話してみますので」

お蝶が水屋のおりくに知らせると、おりくはすぐに藤三郎の席まで行き、亮太を通して悟助に連絡を取ると約束した。

「藤三郎さんが鍵屋へ訪ねていくのは無理でも、悟助さんにここへ来てもらうなら、ご心配のことは起こらないでしょう。もう少しだけ江戸に滞在して、知らせを待ってもらえませんか」

おりくの言葉に、藤三郎はうなずき、とりあえず明日の朝方、またいすず屋へ来ると言った。その藤三郎と一緒に一柳が帰るのを見送った後、おりくはお蝶に
「日本橋の鍵屋まで行ってきてくれるかい？」と目を向けた。

「もちろんです」

お蝶はすぐにうなずく。

「藤三郎さんをあまり引き留めるわけにもいかないからね。明日の昼以降で、悟助さんがうちへ来られる日を聞いてきておくれ」

悟助に会えない場合は亮太に言付けるようにと言われ、お蝶は鍵屋へ向かった。幸い、亮太と悟助の二人に、花火を作る細工場《さいくば》に面した裏庭で会うことができた。藤三郎の話を伝えると、

「明日の夕方、いすず屋さんへ伺います」

と、悟助はその場で返事をした。

「では、明日の朝、藤三郎さんにそうお伝えいたします」

と、お蝶は答え、すぐに踵《きびす》を返そうとした。

「あの」

行きかけたお蝶の背に、悟助の声がかけられる。

「ありがとうございます。いすず屋の皆さんには何と言えばいいのか」

「お礼は、お父さんとお会いしてから、女将さんにおっしゃってください」

そう言って微笑み、お蝶は歩き出した。

二

翌日の昼四つ時(午前十時頃)、約束した通り、藤三郎がいすず屋にやって来た。

「悟助さんは今日の夕方、ここへ来ると言いました。その時、お会いしていただけるとよいのですが……」

お蝶が告げると、藤三郎の表情が目に見えて明るくなった。

「本当ですか。そんなことは叶うはずもないとあきらめていましたのに。いすず屋さんでお話しすると、あれよあれよと事が運ぶ。こちらには神さまがついていなさるんじゃないですかね」

これまでにない浮かれようの藤三郎は、いったん帰って、夕方にまたいすず屋へ来ると約束した。

「それがいいですね。でも、せっかくですから、冷たい麦湯だけでも飲んでいかれませんか」

藤三郎がうなずいたので、お蝶は水屋へ向かった。おりくに藤三郎の返事を伝え、本当によかったと言い合った後、麦湯を運ぶ。

「どうぞ、ごゆっくり」

と言って、席を離れたところ、新しい客が入ってきた。

「いらっしゃいませ」

おこんとほぼ同時に声を上げたが、案内には近くにいたおこんが向かった。客は三十代半ばほどと見える侍の男である。

暖簾をくぐる際に脱いだと見える菅笠を手にしており、涼やかな目鼻立ちをしていた。

「どうぞ、こちらへ」

小料理屋で働いていたおこんは、侍の客の相手をすることもあったのだろう、さほど緊張する様子も見せず、無難に応じている。

ただ、席へ案内される直前、興味深そうに店の中を見回した客の眼差しが、水屋の近くに立つお蝶の方へ流れてきて、一瞬、目が合った。

（えっ……）

その目が、まるで何かを見定めようとしているような、ただの初対面の客とは違う色合いを帯びている——そう見えてしまったことで、お蝶の反応は少しだけ遅れた。

慌てて頭を下げた時にはもう、客の眼差しはお蝶から離れてしまっていた。

やがて、侍の客を奥の方の、落ち着いた一角へ案内したおこんが、注文を受けて水屋へ現れた。何か言いたげな眼差しを向けられ、お蝶もまた、おこんの後から水屋へ入る。

「何かあったのかい？」

おりくが声を落としてすぐに尋ねてきた。

「お侍のお客さまです。初めてお越しになった方のようですが、念のため、女将さんがご挨拶した方がいいのではないでしょうか」

店主が挨拶にも来ないのかといちゃもんをつける侍の客が、小料理屋などには来るらしい。おこんからその手の客の話を聞かされていたこともあり、「確かにそうだね」とおりくもすぐにうなずいた。

「できるなら、お蝶さんもご一緒に」

と、おこんはさらに勧めてきた。

「えっ、あたしも？」

「あのお客さん、お蝶さんのこと、目に留めていらっしゃいましたし」

どうやら、あの眼差しにおこんも気づいていたようだ。ならば、ただの気のせいではなかったのだろう。

「ただ、お蝶さんをお気に召しただけかもしれませんが、仮にもお侍さまですので、無体なことはなさらないでしょうし」

「いいえ、そんな心配はしてないけれど」

茶屋の女中に目を付けて言い寄る客ももちろんいるだろうが、そういうことに縁はないとお蝶は思っている。それに、先ほどの侍の客の眼差しは、そういう艶《つや》めいたこととは無縁の、別の何かだった。

「まあ、挨拶くらいならどうってこともないだろう。いざとなりゃ、あたしがお蝶を守ってやる」

おりくはどんと胸を叩いて言い、客が注文した太々餅と茶を持って、付いてくるようにとお蝶に告げた。そこで水屋におこんを残し、おりくとお蝶の二人で侍の客のもとへと向かう。

「ようこそお越しくださいました。いすず屋の女将をしております、りくと申します」

おりくがにこやかな笑みを浮かべ、如才《じょさい》なく挨拶する。

「お待ち遠さまでございます」

と、お蝶が注文の品を並べる間に、おりくが「この子は蝶と申します。どうぞお見知り置きを」と客に引き合わせる。

「私は朝元《ちょうげん》という。芝へ来たついでに太々餅をと思うてな」

侍の物言いは決して無愛想ではなかったが、親しみやすい雰囲気ではなく、武士としての威厳を保っていた。もちろん、おこんが心配したようなこと——お蝶に色目を使うなどといったこともなければ、こちらを見定めようとするかのような眼差しを見せることもない。

「いかがでございましょうか」

太々餅を食べる朝元におりくが尋ね、「うむ。なかなかの美味」と朝元が答えるなどのやり取りを経て、挨拶は終わった。

その後、朝元からの話もなかったので、おりくとお蝶は席を離れた。おりくは水屋の中へ戻り、代わっておこんが現れる。

店の中を見回したお蝶は、蒼ざめた顔の藤三郎と目が合った。いかにも何か言いたそうな、というよりまるで助けを求めるような眼差しに驚き、

「どうかされましたか」

と、お蝶は急いで藤三郎のもとへ向かった。

「お代はここに」

代金はすでに縁台の上に載せられている。藤三郎は立ち上がり、帰るそぶりを見せたが、小声で「ちょっと」とお蝶に目配せしてきた。

お蝶は片付けをおこんに任せると、藤三郎を見送るため、店の外へ向かう。お蝶が暖簾をくぐり抜けたところで、藤三郎は急いで振り返った。

「申し訳ないですが、夕方、こちらへ来ることができなくなりました」

聞き取りにくいほどの小声で、藤三郎は告げた。

「えっ、でも先ほどは……」

「それが、どうしても都合の悪いことになって」

くわしい事情は口にせず、とにかく来られないとばかりくり返すのだ。つい先ほどは、あんなに嬉しそうにしていたのに、ほんの短い間にいったい何があったというのだろう。

（もしかして、朝元と名乗られたお侍さまとの間に、何か——？）

接触してはいないはずである。また、少なくともお蝶が見ている限り、朝元が藤三郎に目を留めて、様子を変えたという事実もなかった。もちろん、お蝶が水屋に入っている間に何があったのかは分からないし、朝元の方では気づかなくとも、藤三郎が何かに気づいたということもあるだろう。

だが、仮に二人の間に何かがあったとしても、それで悟助との面会を取りやめるとはどういうことか。

（まさか、十年前に藤三郎さんを襲った人物に関わっているとか？）

と、お蝶が思いついたその時、

「とにかく、今日はこれで失礼します」

と、藤三郎が頭を下げた。お蝶を外まで連れ出したのも朝元の目を気にしてのことかもしれない。そう思うと、お蝶もそれ以上引き留めることはできなかった。

「悟助さんには伝えておきますが、これきりにはなりませんよね」

声を潜めてお蝶は尋ねた。藤三郎の口はわずかに開きかけたものの、それは言葉にはならなかった。

藤三郎は苦しげな表情を残し、足早に去っていってしまった。かなり衝撃を受けている様子で、その足元はどこかおぼつかない。

お蝶は店の中へ戻った後、おこんの眼差しを感じつつも、藤三郎のことを話題にするのは避けた。念のため、朝元と名乗った侍が出ていくのを待ってからの方がいい。

朝元が藤三郎を追いかけやしないかと、お蝶は少し心配だったが、特にその気配もなく、朝元はゆっくり茶を飲み干してから立ち上がった。

「世話になった」

と、代金を支払い、店の外へと歩き出す。

「ありがとうございました」

と、おりくが水屋から顔を見せて挨拶し、お蝶とおこんの二人で外まで見送りに出た。

「またのお越しをお待ちしております」

お蝶が挨拶すると、「うむ、機会があればまた来よう」と朝元は鷹揚《おうよう》に応じた。お蝶が顔を上げると、朝元と目が合った。最初に目が合った時と同じ、妙な違和感を再び覚える。

先ほどは、自分が相手を知らないだけで、相手は自分を知っているのではないか、源太の失踪に絡む人物なのではないか、と疑った。

だが、藤三郎の反応を見るに、どうやら彼が十年前に襲われた事件に関わっている見込みが高そうだ。

お蝶は朝元の曰《いわ》くありげな眼差しを受け流し、平然とした様子を取り繕った。

そして、悠々と立ち去っていく朝元の背中が完全に遠のいたのを見澄ますと、おりくとおこんに目配せし、急いで水屋へ向かう。三人がそろうと、

「実は……」

と、藤三郎が急に考えを翻《ひるがえ》し、悟助との面会が叶わなくなったことを、お蝶は二人に伝えた。その態度の急変に心当たりはないが、もしかしたら朝元と名乗

った今の客のせいかもしれないと、憶測も交えて話す。

「いずれにしても、今日の夕方までに悟助さんにはお伝えした方がいいかもしれません」

お蝶の言葉に「そうだね」とおりくは応じた。お蝶は昨日に続いて、日本橋の鍵屋へ向かってもいいと思っていたが、「お蝶さんだけに大変なことを任せるわけにはいきません」とおこんが言い出した。鍵屋の場所も分かっていると言う。

「なら、今日はおこんに行ってもらうことにしよう」

と、おりくは言い、「朝元さまのことは言わず、ただ藤三郎さんの都合が悪くなったと言えばいいからね」とおこんに念を押す。おこんはしっかりとうなずいて、店を飛び出していった。

「それにしても、あのお侍さま、ちょいと気になるよね」

おこんを送り出した後、おりくはお蝶だけに聞かせるように、ぽつりと呟いた。

「……あたしもそう思いました」

お蝶も浮かぬ心持ちでうなずくのだった。

三

鍵屋から戻ってきたおこんは、悟助がたいそうがっかりしていたという知らせを持ち帰った。くわしい話を聞きにいすず屋へ行きたいと言う悟助を、おこんはどうにか止めたという。朝元の素性や藤三郎とのつながりがはっきりするまでは、避けた方がよいと気を回したのだ。

「よくやった」

と、おりくから褒められ、おこんは嬉しそうであった。

とりあえず、悟助には藤三郎からの知らせがあったらすぐに伝えるということで、納得してもらったらしい。

藤三郎と悟助の再会の話がまとまらなかったことは、昼過ぎにやって来た一柳にも知らせたが、いまだ憶測にすぎない朝元の件は伝えなかった。

「藤三郎さんがこのまま江戸を離れることにならないとよいのですが……」

お蝶が不安を打ち明けると、一柳は「うーん」と考え込んだ後、

「藤三郎さんにも何か事情があるんだろうね。まあ、命が関わる話ならどうしよ

うもない。けれど、そうでないなら、事情を話しに来てくれるんじゃないだろうか」

と、言った。確かに、十年前のこととはいえ、藤三郎には命を狙われた過去がある。今回のことがそれに関わるのなら、悟助との再会を果たしてほしい気持ちはあるが、無理をするべきではないだろう。

「おっしゃる通りですね。今は藤三郎さんからの知らせをお待ちしてみます」

そんなやり取りを交わしたものの、その日はあまり話も盛り上がらず、夕方近くになって一柳は帰っていった。悟助が来る予定もなくなり、常連の町火消したちが訪れることもない。夕七つ半（午後五時頃）には客もいなくなったので、いすず屋は店じまいをした。

お蝶は一緒に店を出たおこんと門前町を抜けたところで別れた後、住まいのある宇田川町《うだがわちょう》に足を向けた。妙な気配に気づいたのは少ししてからである。振り返ると、その原因はすぐに分かった。道行く人々の中に、立ち止まってお蝶に目を向けている者がいる。

（藤三郎さん――）

もの言いたげな切実な眼差しをした藤三郎は、この時刻、家路を急ぐ安らかそうな人々の中から浮いて見えた。

おそらく、朝方、急に意を翻した事情を説明しに来てくれたのだろう。今こうして現れたからには、夕方に急な用事が入ったわけではない。何らかの事情でいすず屋に立ち入ることが難しくなり、お蝶が店を出た後を尾《つ》け、声をかける機をうかがっていたようだ。

お蝶は藤三郎のもとへ引き返したが、藤三郎はお蝶が目の前へ行くまで一歩も動かなかった。

「こんばんは。今朝は店へ来てくださってありがとうございました」

お蝶はできるだけさりげなく挨拶した。

「あ、いや。こちらこそ、先ほどは大変な失礼を」

藤三郎は緊張を隠せぬ様子で返事をする。

「できれば、事情をお話ししたいのですが……」

「いすず屋ではない方がいいのですよね」

茶屋自体はもう閉めているが、まだおりくは残っているかもしれない。頼めば、場所を貸してもらえるだろうが、藤三郎はそれをよしとしなかった。

「私が出入りしているのを見られるのは、いすず屋さんのためにもならないと思うので」

そう言われると、あえて危険を冒そうとはお蝶も思わない。

「でしたら、この辺りの店に入るのもよくないでしょうか」

蕎麦屋や小料理屋などは見つけられるだろうが、藤三郎はできればそれも避けたいと言う。

「ならば、歩きがてらお聞きしましょうか」

門前町から離れれば人も少なくなるし、人気《ひとけ》のない場所も見つかるだろう。

「ご迷惑をおかけして本当にすみません」

恐縮する藤三郎に「気にしないでください」と明るく答え、お蝶が歩き出そうとした時であった。

「お蝶さん、今、帰りかい？」

と、横合いから不意に声をかけてきた者がいた。

「あら、勲さん」

どこで藤三郎の話を聞こうかと頭を悩ませていたせいか、近くへ寄られるまでまったく気づかなかった。

「今日は一人なのね」

いつも一緒の又二郎や要助の姿はない。

「ああ、ついさっき暇になってね。いすず屋はもう店じまいだよなあ」

「ええ。生憎だけれど。また店を開けている時に来てください」

「それじゃあ、お蝶さん。送っていこうか」

勲は、藤三郎に気づいているのかいないのか、お蝶しか目に入らぬという様子で訊いてくる。

「残念だけれど、今日はけっこうです。こちらはうちのお客さんで、と……三郎さん」

念のため、初めに使っていた偽名で、藤三郎を勲に引き合わせた。

「こちらはめ組の火消しで、纏持ちの勲さん。うちの常連さんなんです」

勲は値踏みするように藤三郎を睨みつけ、藤三郎は体の大きな勲に圧倒された様子で軽く会釈した。

「これから、三郎さんのお話を聞くことになってるので、ここで失礼しますね」

勲に向かって言うと、その途端、「なにぃ」と勲の表情が変わった。

「二人だけで飯でも食いに行くってことかい？」

「いえ、歩きながらちょっとお話を聞くだけよ」

「こんな時刻に、町中を二人連れで？」

勲は胡散臭《うさんくさ》いものを見るような目を藤三郎に向けた。気圧《けお》されたような藤三郎を見て、お蝶の方が慌ててしまう。そういうことなら今日は話すのをやめる——などと藤三郎に言われてしまえば、もう二度と話を聞く機会がめぐってこないかもしれない。

「何を言うのよ、勲さん。ちょっと話を聞いて、すぐにお別れするだけよ」

「けどなあ。三郎さんだっけ、これまでいすず屋でお見かけしたことはないよなあ」

勲は藤三郎への疑念をますます深めているようだ。

「最近、うちへ来てくださったお客さんだもの。でも、一柳さんとも親しいのよ。先日は一緒に花火も見に行ったし」

「何ぃ、あの一柳さんの納涼船に、お蝶さんと一緒に乗ったっていう野郎か」

藤三郎を見る勲の眼差しに剣呑《けんのん》なものが混じり込んだ。

「とにかく、一柳さんや女将さんも認めているお客さんだから、変な気を回さないでちょうだい。それじゃあ、行きましょうか、三郎さん」

お蝶は藤三郎を促し、宇田川町の方へ歩き出そうとした。

「ちょいと待ちなよ、お蝶さん。俺も話があったんだ。今日、あの龍之助《たつのすけ》の野郎は店に行ったかい？」

勲に呼び止められて、お蝶は足を止めた。

龍之助とはやはりいすず屋の常連客である。加賀鳶の若い男で、勲たち町火消しとは犬猿の仲だ。もっとも、芝を担当しているめ組の火消したちと違って、龍之助の仕事場は加賀藩上屋敷のある本郷《ほんごう》であり、しょっちゅう、いすず屋へやって来るというわけでもない。

ここしばらくは姿を見ていなかったので、お蝶はそのことを勲に伝えた。

「実は今日、あいつをこの界隈で見たって聞いたんだ。それで、見回りに来たんだよ」

「見回りって」

お蝶はその言い回しにあきれた。それでは、まるで手配書の罪人でも追っているようではないか。

「龍之助さんがこの辺りに来たって、別にかまわないでしょうに」

「いやいや、あの加賀鳶の野郎はお蝶さんを狙ってやがる。悪い虫は早いうちに始末しちまわねえとな」

とんでもないことを言い出してくれた。藤三郎の手前、きまり悪く思ったが、その藤三郎は思いがけない反応を見せた。

「加賀鳶……だって？」

顔色がすでに蒼い。今の話のどこに、それほど驚かなければならないものがあったのだろう。

「どうかしたんですか」

お蝶が尋ねると、藤三郎は「……いや」と困惑気味に首を横に振るばかりで、まともな返事をしない。その様子には勲も目を瞠っている。

「あの、お蝶さん」

ややあってから、藤三郎は意を決した様子で言い出した。

「お話はまたの機会にさせてください。今日はこれで」

「それは困ります」

お蝶は慌てて藤三郎を引き止める。

「おい、待てよ」

自分の思惑通りになったというのに、勲も続けて藤三郎を呼び止めた。

「お蝶さんが困ると言ってるだろ。あんた、お蝶さんの言うことをちゃんと聞きなって」

先ほどと辻褄《つじつま》が合わないが、藤三郎も混乱しているようで、それを指摘する余裕もないらしい。

「とにかく、今日は都合が悪いから」

と言って、その場から逃げ出そうとするのだが、その時には勲のごつい右手が藤三郎の肩をつかんでいた。

「ちょっと落ち着いてください」

お蝶は間に割って入り、二人を引き離すと、

「やはり事情をお聞かせ願いたいです」

と、藤三郎に小声で告げる。

「悟助さんは女将さんの幼馴染みの弟弟子さんですし、あたしたちも無縁じゃありません。お力になれることもあると思うんです」

「…………」

「ご心配なようですから、お話を聞く間、この勲さんに辺りを見張ってもらうのはいかがですか。信用のおける方であることはあたしがお約束します」

お蝶の告げた言葉に、藤三郎はあえて反対はしなかった。

「勲さん、こちらのお話を聞く間、周りを見張ってもらうわけにいきませんか。どこか、あまり人のいない場所で話せればいいんですけれど」

　勲に相談すると、「そうだなあ」とすぐに考えてくれた。先ほど、二人の話を邪魔しようとしていたことは、すでに頭の片隅にも残っていないらしい。

「この辺りでもいいなら、お伊勢さまの境内にどこか静かなところがあるだろうよ。少し離れてた方がいいなら、愛宕山《あたごやま》辺りでどうかな」

　ここから北西へ向かったところにある愛宕山の頂には、愛宕権現《ごんげん》が祀《まつ》られている。そこまで登るとなれば、かなり時もかかるし大変だが、少し山道を登ったところでも、この時刻ならもう人気はないだろう。

「そうですね。麓に人がいなければそこで、人目があるようなら少し山道を登ったところで、静かに話ができるはずです」

　お蝶はきびきびと言い、話をまとめた。藤三郎は逆らう様子も見せないし、勲はお蝶の役に立てるなら何でもするとご機嫌である。

「それじゃあ、愛宕山へ向かいましょうか」

　お蝶の言葉で、三人は北西を目指して歩き出した。

四

三人が愛宕山の麓に着いた時、近くに人の姿は見当たらなかった。日はまだ暮れていないが、この時刻から山へ登ろうという人もいない。麓で立ち話をしてもよかったが、

「少し山道を登ったところで話したらどうだい？　下は俺が見張っていてやるからさ」

と、勲が言ってくれた。こちらから頼むまでもなく、事情を抱えた藤三郎の話に首を突っ込もうとはしない。そういう勲の気遣いと誠実さは、藤三郎にも伝わったらしく、その時にはだいぶ落ち着きを取り戻していた。

「じゃあ、そうしましょうか。ここだと、麓の道を通る人の目につきますし」

と、お蝶が言い、藤三郎も承知した。

それから勲を麓に残し、お蝶と藤三郎は山道を登り始めた。坂道を少し進んでいくと、勾配が急になるところに行き当たったので、その手前でどちらからともなく足を止める。

「ここでかまいませんか」

と、藤三郎が言い出したので、お蝶はうなずき、話を聞くことになった。

「朝方、急に店を出たのは、あの時、店にいらしたお侍が私の知るお方に見えたからです」

藤三郎はすぐに本題に入った。

「ご様子から、そうではないかと思っていましたが……。でも、お侍さまの方は、藤三郎さんに気づいたふうには見えませんでしたよ」

「それは、あちらが私を気に留めていなかったからでしょう」

しかし、万一のことを考え、急いで店を出たのだと藤三郎は言った。今日の夕方、悟助と会うのを取りやめたのも、同じ理由からだと言う。

「あのお侍は名乗られましたか」

「朝元さまとおっしゃいました。それ以外は何も……」

「朝元……？」

藤三郎は首をかしげている。

「お知り合いではないのですか」

知り合いと言うなら、名を知らないのはおかしい。

「いえ、間違いないと思います。朝元とは通称ではないでしょう。素性がすぐに割れるような呼び名は避けたのかもしれません」

それは確かにあり得る話だとお蝶も思う。

「実は、私は十年前、江戸を立ち去るまで、加賀藩の下屋敷にお仕えしていました。そこで花火師として働いていたのです」

朝元と名乗った侍の話からいきなり、藤三郎自身の過去へと話は移った。

「えっ、加賀藩……」

思いがけない告白に、お蝶の胸はどくんと跳ね上がる。

加賀鳶の龍之助はいすず屋の客だが、その龍之助とはまったく別の方面で、お蝶は加賀藩とのつながりがあった。幼馴染みのお貞《さだ》が加賀藩主の側室となって、今、本郷の上屋敷で暮らしているのである。そして、お蝶は一時期、そのお貞のもとで奥女中として働いていた。

藤三郎が加賀藩に仕えていた時期とは重ならないし、上屋敷と下屋敷では場所も違うが、それでもこれまで気づかなかったつながりが存在していた。

お蝶の内心の激しい揺れにはおそらく気づきもせず、藤三郎は話を続ける。

「先ほど加賀鳶の話が出て、動じたのもそれゆえです。おそらく、その人は私が抱える事情とは何の関わりもないでしょうが、それでも……」

「ご心配になるお気持ちは分かります」

藤三郎はかつて命を狙われた。今の話からすれば、その狙った相手が加賀藩にまつわる者ということなのであろう。

「花火は火薬を用いて作ります。ですから、花火師たちは火薬を扱い慣れているものなのです」

十年前、加賀藩の内部に、それを利用しようと考える者がいた。それが誰なのかは、いまだに藤三郎も分からないそうだ。ただ、複雑な表情をする親方から、花火で事故が生じるよう細工しろと命じられた。親方も侍の誰かから命じられたのであり、その侍とておそらくは言伝《ことづて》役に過ぎないのだろう。

親方をはじめ、花火師たちは親兄弟、妻子らに害を加えると脅されれば、言いなりになる他なかった。

「ただ、私は当時、独り者で、親兄弟もいなかった。だから、むざむざ謀《はかりごと》を企む者の言いなりになることをよしとしなかったのです」

今の藤三郎は穏やかな人柄に見えるが、十年前は猛々《たけだけ》しいところもあったようだ。

「謀の命令者は存じませんが、狙われた方は分かります。名前も顔も間違えぬよう、しっかり教えられましたから。大槻伝蔵《おおつきでんぞう》さまという、茶坊主《ちゃぼうず》から成り上がった殿さまのお気に入りだと言われました。当時はまだ二十代の半ばくらいだったのではないでしょうか」

自分よりも若い侍が、ただ藩主のお気に入りになってしまったがために、陰謀で殺される――その理不尽さを藤三郎はそのまま受け容れることができなかった。

「それで、ご本人にお知らせしたんです。『花火にご注意召され候《そうろう》』と書いた紙を、お膳の飯の中に忍び込ませましてね。かなり際どい仕事でしたが、何とか成し遂げました。私はその後すぐ、下屋敷を脱け出したんですが……」

「追手がかかり、両国で見つかったというわけですか」

「はい。下屋敷は板橋《いたばし》ですので、両国まで行けば大丈夫だろうと油断してしまいました。早いところ下総へ出てしまえばよかったんでしょうが……」

そこで悟助と出会い、もたもたしているうちに、手がかりをつかまれてしまったということのようだ。

「それで、大槻さまというお方は助かったのですか」

　お蝶は気持ちを切り替えて尋ねた。

「そのことは、私も今までまったく存じませんでした。私の忠告が伝われば、あの方も花火に注意を払ったでしょうし、大丈夫だろうと思ってはいましたが……。もっとも、謀を企んだお侍の方も私のせいで謀が漏れ、それ自体を中止にしたのではないでしょうか。今日、そのことが分かったんです」

　藤三郎の双眸《そうぼう》が夕方の薄明かりの中、それまでになく鋭い光を放って見えた。

「今日って、まさか」

「お考えの通りだと思います。朝元と名乗ったというあのお侍――あの方が十年前、私たちが殺すように命じられたお侍でした。あの方は大槻伝蔵さまで間違いないと存じます」

　山道の上下に油断なく目をやりながら、藤三郎は覚悟を決めた様子ではっきりと告げた。

　大槻伝蔵の方は十年前にも、花火師の顔などいちいち覚えていなかっただろう。藤三郎が出奔《しゆつぽん》したと知り、それが自分を助けようとしてくれた花火師だと気づいたかもしれないが、だからといって、顔を思い出せたとも思えない。

　だから、大槻伝蔵――朝元と名乗った侍は藤三郎を見ても、これという反応を見せることはなかった。

一方の藤三郎は、殺せと命じられた男の顔を、十年経っても忘れていなかった。

「あの朝元さまというお侍は今日初めて、うちの店へ来られたお客さまですし、これからも足を運ばれるかどうかは分かりませんが……」

朝元がいすず屋へ現れたことが、藤三郎と悟助の再会を危うくする要因になり得るのかどうか、お蝶には分からなかった。

「それより、どうしてあの方が今、いすず屋へ現れたのだと思いますか」

藤三郎はそれが最も気にかかるのだというふうに、お蝶に尋ねてくる。

偶さかの出来事——と片付けるにはあまりに複雑な事情が絡んでいるように思われた。

お蝶は、大槻伝蔵という男の名を知っていた。藩主側室のお貞から、加賀藩の重臣たちが目の敵とする改革推進派の中心人物として聞かされていたからだ。

だが、その顔は知らなかった。今日、本人がいすず屋へやって来るまで。

そして、何より重要なのは、お蝶の許婚である源太がこの加賀藩のいざこざに巻き込まれていたかもしれないということ。それが源太の失踪そのものと関わっているかどうかまでは不明だが、お蝶自身は無縁の話だとは思っていない。

少なくとも、加賀藩の重臣たちが源太の行方を追っていたのは、お貞が召し使う隠密らの働きにより、ほぼ明らかになっていた。

お蝶がそんな陰謀渦巻く加賀藩の上屋敷へわざわざ奉公に上がったのは、藩主以外の男が立ち入ることのできない奥御殿なら、この世のどこよりも安全であるとお貞から諭《さと》されたことが大きい。そこでならば、お蝶がひそかに産んだ源太の息子、源次郎を守ってもらえるだろうと信じて。

今年で六歳になる源次郎は今も、お貞のもとにいる。

お貞を訪ねていけば、お蝶が源次郎に会うことはできたが、それは一年に何回もあることではなく、また母と名乗ることもできない。

二年前、お蝶が源次郎と一緒に暮らせる仕合せを手放してでも、上屋敷を出たのは、芝で源太の消息をつかみたいという強い願いによるものだった。

源太が失踪したこの芝は、少なくとも加賀藩の重臣たちが無視することのできない土地である。

お蝶は門前茶屋のいすず屋で働きながら、源太の失踪に関わる人物が現れるのをひそかに待っていたのだが……。

それが、今だというのか。

大槻伝蔵と思われる侍が現れ、その伝蔵をかつて助けた元加賀藩の花火師が現れた。

藤三郎がいすず屋に現れたのは本当にたまたまだろうが、大槻伝蔵はそうとは限らない。いや、それ以前に、藤三郎の今の話がすべて真実と言える根拠はどこにもない。

お蝶としては、藤三郎の人柄は信じられると思っていたが、出会って間もない藤三郎のことを信じてよいものかどうか。

（源太、源次郎……）

夫になるはずの男と、最愛の我が子の顔を思い浮かべると、お蝶の心もかき乱される。何を信じて、何を疑えばいいのだろう。

「お蝶さん」

ふと我に返ると、藤三郎が様子をうかがうような眼差しを向けてきていた。

「ごめんなさい。朝元と名乗ったお侍さまがなぜ今、うちの店に現れたのかはまったく見当もつきません。藤三郎さんと関わりがあるのかどうかも――」

お蝶の言葉に、藤三郎が神妙にうなずいた。

「藤三郎さんと悟助さんがゆっくり話せる機会があれば、と思う気持ちは今も変わりません。一柳さんも女将さんも皆、同じように思っています。ですが、お二人の無事がいちばんなのは言うまでもないことで」

朝元と名乗った侍が大槻伝蔵なのかどうか、それをお蝶が訊ける相手はお貞だけだ。お貞ならば、藤三郎のことを打ち明けても、力になってくれるかもしれない。

「藤三郎さんがまだ江戸に留まってくださるなら、あたしも分かったことをお伝えします。もちろん、悟助さんに伝えてほしいことがあれば、あたしたちからお伝えすることもできますが……」

お蝶が告げると、加賀藩に関することは悟助には何も伝えないでほしいと、藤三郎は言った。その上で、もうしばらく江戸に留まり、できるだけ毎日いすず屋へ顔を見せるようにするとも言う。

「それでは、念のため、店の表口ではなく裏口にお越しください。それならば、仮にお客さんの中によからぬ人がまぎれていても、顔を合わせることはありませんから」

そこで、お蝶は藤三郎に表通りを通らずに裏口へ行ける路地伝いの道順を伝え、藤三郎はうなずいた。時刻は一柳が店に現れることの多い昼八つ半頃にすると言う。

「決して無理はしないでください」

と、お蝶は伝え、藤三郎もまた「いすず屋さんこそ」とお蝶たちのことを案じてくれた。

「十年前のことなんですがね」

話を終えて、山道を下ろうという段になった時、藤三郎はふと思い出したように呟いた。

「とんぼの花火を悟助に見せてやった後、蝶火っていう花火を見せてやるって約束したんですよ。納涼船に乗せていただいた晩にもありましたけど」

「そうでしたね」

「花火師となった悟助に、今さら見せてやるも何もないんですが、いつかその約束を果たしてやれたらって、私はずっと思ってたんです」

「……そうでしたか」

お蝶がしんみり相槌を打つと、どういうわけか、藤三郎はおかしそうな笑みを浮かべた。

「それでね、お蝶さん」

「はい」

「いすず屋さんへお邪魔してから、さまざまな事態が動いて、悟助とも再会できて、今もこうして親身に話を聞いてもらった。その親切な娘さんの名前が、私と悟助にとって縁の深い花火と同じだったわけです。私には、お蝶さんが蝶火の花火の化身、いや、神さまなんじゃないかって思える時がある」

「……え」

思いがけない言葉に、お蝶はそれなり絶句してしまう。

「こんな時に何ですが、私はお蝶さんがいてくれる限り、すべてがうまくいくような気がしてならないんです」

藤三郎の表情は、この愛宕山の麓へ来た時とは別人のように明るく吹っ切れたものになっていた。

「あたしは藤三郎さんが言うような、たいそうな者では……」

お蝶は慌てて打ち消そうとすると、「いやいや」と藤三郎から遮られた。

「蝶火はね、とんぼより白っぽくて華やかな火花が舞う花火なんです。私たちのために一生懸命になってくれるお蝶さんの真剣な目に、その火花が宿っているのが私には見えるんですよ」

藤三郎の言葉が真摯《しんし》でまっすぐな気持ちから出たものであることは、お蝶にも十分伝わってきた。ならば、その気持ちにはこたえたいと思う。藤三郎は信じられる人だ。何を信じればいいのか分からないと思った先ほどの迷いを、この時、お蝶は振り払った。

「ありがとうございます、藤三郎さん」

お蝶は心からの感謝をこめて言った。


その後、藤三郎と愛宕山の麓で別れたお蝶は、宇田川町の長屋まで勲に送ってもらうことになった。

藤三郎の打ち明け話、悟助から聞いていた両国橋での出会いと別れ、そして加賀藩の裏で行われている謀――さまざまなことが脳裡に浮かんでくる。連想は連想を呼び、やがてお蝶は源太の面影を思い浮かべた。

日に焼けた逞《たくま》しい顔、お蝶に向けられた優しい眼差し、そして交わしたいくつもの約束――。

(花火の約束もしていた……)

藤三郎が悟助にしたようなしっかりした約束ではない。ただ花火の音を聞き、思いついたように交わした他愛のない約束に過ぎなかった。

あれは、二人で蕎麦屋に行った夏の帰り道でのこと、丑寅《うしとら》（北東）の方から聞こえてくる大きな音を聞いた。

花火だろうと源太は言い、見たいのなら両国辺りへ連れていってやろうと言った。お蝶はうなずいた。二人で一緒に生きると決めて間もない頃――源太の言葉なら何でも聞き届けたかった頃のことだ。

その時、白い蝶がふわふわと飛んでいるのが目に入ってきて、お蝶は一瞬、目を奪われた。すでに日も暮れた頃だったので、

「こんな時分にめずらしいな」

と、源太が言った。しばらく目で追っていたが、いつしか見えなくなってしまった。

「いなくなっちゃったわ」

お蝶が呟くと、少ししてから「いるぞ、ここに」と源太が言い出した。

「え、どこ？」

振り返ろうとすると、「動くなよ」と言われた。もしや蝶がとまりそうなのだろうか。お蝶は息を殺して動きを止めた。

すると、髪に触れられる気配があった。さすがに蝶でないことは分かる。

「えっ、何？」

動くなと言われたのも忘れ、思わず両手を頭へ持っていくと、源太がにやにやしながら言った。

「お前の頭に蝶がとまっているんだよ」

それが、贈り物の柘植《つげ》の簪《かんざし》に彫られた蝶の模様を言っているのだと分かった時――あの瞬間の、胸の中を渦巻く熱く激しい思いは、一生忘れることはないだろう。

お蝶が生まれて初めて、これ以上はないほどの喜びに胸を震わせているというのに、源太は真剣さなどつゆ見せず、どこか茶化すような、お蝶の反応を楽しんでいるような様子だった。そんな男の態度がちょっぴり恨めしく、この上もなく愛おしかった。

お蝶にとっては、数々の源太の記憶の中でも、最も仕合せで輝くような思い出である。

簪の思い出があまりに深く心に刻まれていたせいか、花火の約束をしたこととつながっていなかった。だが、あれは同じ日の出来事だったのだ――。

「お蝶さん、大丈夫かい？」

長屋の少し手前で、勲から気がかりそうに尋ねられ、お蝶ははっと我に返った。

「えっ、どういうこと？」

勲はお蝶をじっと見つめてきた。

「いや、……ならいいんだ」

勲の眼差しが少し寂しそうに離れていく。

――大丈夫ならいいんだ。

勲はそう言ったのだろうか。それとも、

――話す気がないならいいんだ。

と、言われたのだろうか。

どちらにしても、藤三郎と別れてから物思いにふけっていたことに気づかれていたのだろう。源太のことを思い返していたことにも。

だが、気づいても勲は踏み込んでこない。そうしてはいけないと弁《わきま》えてくれている。

二人は沈黙したまま歩き続け、やがて宇田川町の長屋に到着した。

「ありがとうね、勲さん。心配してくれて」

感謝の気持ちだけは伝えたくて、お蝶は心から言った。勲の眼差しがお蝶のもとへ戻ってくる。

「礼なんて言われることじゃねえさ」

勲は鼻の下をこすりながら、照れくさそうに笑った。

「これからもいくらだって頼ってくれ。又二郎も要助も、他の連中も皆、そう思ってる。源太の兄貴にゃ世話になったんだからさ」

「うん、ありがとう。その気持ちが嬉しいから、お礼を言いたいの」

「……ったく」

礼はいいとくり返しはせず、勲は「それじゃ」と言って帰っていった。その姿が見えなくなるまで、お蝶はその場から動かずにいた。

五

その晩、お蝶はお貞に宛てた書状を書き上げ、翌朝、夜明けとほぼ同時に長屋を出た。

飛脚に頼んでもいいが、確実に早くお貞の手に届けるためには、自分で上屋敷まで出向き、門番に手渡した方がよい。いざという時のため、お貞から渡されている通行手形があるから、疑われることもないはずだ。

もちろん呼ばれてもいないのに屋敷の中へは入れないし、お貞宛ての書状など託せるはずもない。こういう場合は、お貞のそばにいる信頼できる人物に書状を託すのである。

「お貞さまに仕える奥女中の浅尾《あさお》殿へ、この書状をお渡しください。私はかつてお世話になった芝浦《しばうら》という元女中にございます」

かつて奥女中だった頃に名乗っていた名を持ち出して頼むと、門番は特に不審の目を向けることもなく、書状を受け取ってくれた。

浅尾はお貞が最も信頼する奥女中で、お蝶の抱える事情も知っている。源次郎は表向き浅尾の親類の子としてもらい、浅尾は今も源次郎の後見人を務めてくれている。厳しく温かく、源次郎を導き、見守ってくれていることに、お蝶は深く感謝していた。

その浅尾ならば信じられる。

とはいえ、浅尾の手に渡るまでに人目に触れることもないとは言えず、用心を怠るわけにはいかなかった。ひとまずは、「芝で思いがけない人物に会ったので、お貞の意向を聞きたいこと。くわしい話をしたいので、信頼できる人を遣《つか》わしてほしいこと。加賀藩の侍と思われる人物がいすず屋へ来たが、それをお貞は知っているのか、というお尋ね」——この三点についてしたためた。藤三郎や大槻伝蔵の名を書くわけにはいかない。だが、これだけ書けば、お貞には一大事だと伝わるだろうし、大槻伝蔵のことも知っていればすぐに感づき、知らなければ急いで調べてくれるはずだ。

こうして本郷の加賀藩上屋敷へ行ってから、その足ですぐに芝へ舞い戻り、何とか朝の五つ（午前八時頃）過ぎにはいすず屋へ到着した。

いつもより少し遅くなってしまったので、事情を話して詫びると、

「そんなこと、気にしなくていいんだよ」

と、おりくからはあきれられたが、早くもお貞に事を知らせた点については「よくやってくれた」と褒められた。

「藤三郎さんが加賀藩の花火師で、あの朝元さまを知ってたなんてね」

おりくもおこんも驚いていたが、

「それより、お蝶さんの幼馴染みが加賀藩のお殿さまのご側室だなんて、すごいです」

と、おこんはそちらの話に驚いていた。

「お貞さまだけじゃなくて、その妹のお民《たみ》さまもご側室なのよ。あたしは幼い頃からお貞さまにかわいがっていただいていてね、ほんの少しだけだけれど、奥御殿で女中としてお仕えしていたの」

と、お蝶はおこんに打ち明けた。お貞とのつながりは、一緒に働く以上、隠し通すのも難しいと考えてのことである。ただし、

「お貞さまご姉妹のご出世は、古くからこの辺りにいる人なら皆知っていることよ。でも、あたしが御殿に上がっていたことは、女将さんとお母さまのおゆうさんしか知らないの。お貞さまのご迷惑になるかもしれないし、おこんさんも他の人には黙っておいてね」

と、念を押すのも忘れなかった。おこんは音がするような勢いで首を縦に動かしていたから、人に話すことはあるまい。

こうして藤三郎の件をお貞に知らせてから、返事を待つばかりとなった二日後の七月六日のこと。

昼八つ半の頃、いすず屋に男女の二人連れが現れた。

朝元と名乗った侍と一目で武家の女人と分かる浅尾であった。

「これは、浅尾さま。ようこそお越しくださいました。朝元さまも」

と、挨拶に出たおりくに、「女将よ」と浅尾はおもむろに告げた。

「ただ今のお客人たちが退かれた後、この店を貸し切らせてほしい。お代はそれにて」

浅尾から扇子の先を向けられて、朝元が一両をおりくに差し出す。

「もちろんでございます。ただちに取り計らわせていただきましょう」

おりくはにこにこ顔で言い、おこんに命じて暖簾を下ろさせた。さらに、浅尾と朝元を席へ案内した後、煎茶に冷たい麦湯、甘酒と、店で出しているすべての飲み物を二人分取りそろえ、お蝶に運ばせた。続けて、太々餅に双頭蓮餅、白玉団子も二人前、これはおこんに運ばせる。

「お蝶、お前は他の仕事はいいから、お二方のお相手をおし」

おりくはてきぱきと指示を下す。水屋から客席へ取って返そうとしたお蝶は「はい、これ」とおりくから扇子を渡された。

「お暑いようなら、扇《あお》いで差し上げるんだよ」

金の生《な》る木は大事にしなくちゃね――と小声でささやくように言う。そのおりくの言葉に吹き出しそうになるのをこらえながら、お蝶は浅尾と朝元の席へ向かった。

二人は向かい合って座っていたので、お蝶は浅尾の隣に腰かける。それからしばらくの間、主に浅尾の話し相手を務めたが、とりあえずは当たり障りのない雑談を交わした。双頭蓮餅がどうやって生まれたのかということや、夏は白玉と甘酒の売れ行きが伸びて餅類は人気がなくなることなどを、お蝶がしゃべる。

加賀藩の奥御殿の話も聞きたいが、周囲に人の耳があるうちはそういうわけにはいかなかった。もちろん花火師の話や朝元の素性に関する話もしない。

やがて、いすず屋にいた客たちが一組、二組と帰っていき、店の中が浅尾と朝元だけになると、お蝶はぴたっと口を閉ざした。

「戸は閉めた方がよいでしょうか」

まだ外は暑いが、七月に入って、夕方はだいぶ涼しくなってきた。お蝶の問いかけに浅尾はうなずいた。

そこでお蝶は表通りの戸を閉めてから、席へ戻った。浅尾と朝元の相手をするのはとりあえずお蝶とし、おりくは水屋、おこんは裏口に詰め、藤三郎がもしも裏口に現れたなら知らせてもらうことにする。

「では、お貞さま宛ての書状にあったこと、くわしく聞かせなさい。私からしかとお貞さまにお伝えいたすが、ご出産を控えておられる御身《おんみ》ゆえ、場合によっては伏せることもあるやもしれぬ。そのことは心しておくように」

浅尾の言葉にお蝶は神妙に「はい」と答えた。

「その前によろしいかな」

と、朝元が割って入る。

「私の素性への問いかけがあったと聞いた。まず、朝元と申すは幼少の砌《みぎり》の名。今は大槻伝蔵と名乗っている」

大槻伝蔵はごく落ち着いた様子で告げた。

やはり藤三郎の思う通りだったのだ。ならば、伝蔵は十年前にも命を狙われていたのであり、その後も同じようなことがあったかもしれない。その伝蔵が実に堂々としていることに、お蝶は感銘を受けた。

「私がこちらへ参ったのは、お貞さまの信頼する元女中がここにいると聞いたからだ。この先、何があるか分からぬゆえ、顔だけは確かめておこうと思うてな」

あの時、伝蔵がお蝶に意を含んだ眼差しを注いできたのは、そのためだったのだろう。

伝蔵はそれだけ述べると、後はお蝶と浅尾で話を進めてくれと言う。そこで、お蝶は悟助との出会いから藤三郎のこと、やがて知った藤三郎の素性と十年前の出来事について、順に語っていった。

伝蔵は、先日のいすず屋で藤三郎が自分の正体に気づいたこと、彼が十年前、自分を助けてくれた花火師だったことを知り、さすがに驚いていたが、口を挟むことはなかった。浅尾もまた、最初から最後まで淡々とした表情で話を聞いていた。

「なるほど。して、芝浦よ。そなたはこの件をお貞さまにどう収めていただきたいのじゃ」

お蝶が話し終えると、浅尾は落ち着いた声で尋ねた。

「私が……私たちが望むのは、ただ藤三郎さんと悟助さんが親子として名乗り合えることとです。藤三郎さんがもう命を狙われることなく、安心して暮らせるようになったら、それがいちばんですが……」

　お蝶の言葉に、浅尾と伝蔵は顔を見合わせた。

「十年前の件は、私も感謝している。藤三郎とやらいう花火師のことは知らなかったが、できるなら救ってやりたい」

「とは申せ、大槻殿がその藤三郎を引き取り、守ってやることはできますまい」

　浅尾は伝蔵に対して、遠慮のない物言いをする。

「といって、放置しておけば、あの者どもは藤三郎という花火師を狙うやもしれぬ。今はまだ、その者が生きていて、江戸へ舞い戻っておることを知らぬと思うが……」

　浅尾の言葉に憂いの響きが入り混じる。

「あの者ども、とは誰のことなのでしょうか」

　お蝶は身を乗り出すようにして訊き返したが、浅尾は溜息を漏らし、首を横に振る。

「誰それ、と明瞭には申せぬ。いや、思い当たる人物が多すぎるということか。というより、その者たち全員がつるんでおるのやもしれぬ」

「それは、大槻さまと敵対するご重臣の方々ということでございますか」

お貞から加賀藩の実情を少しは教えられていたため、お蝶にもそのことは推測できる。だが、その重臣とやらの顔を一人も知らないため、実感は乏しかった。

「その方々と通じておると言われるのが、以与《いよ》の方《かた》さまじゃが……」

「あ……」

その以与の方だけは、お蝶も上屋敷の奥御殿で顔を見たことがある。

藩主の寵愛を集めるお貞を妬《ねた》み、目の敵にしていると、傍目《はため》にもはっきりと分かる女人であった。あの以与の方と日々戦いを強いられるお貞は大変だと思うし、老獪《ろうかい》な重臣たちと渡り合わねばならぬこの大槻伝蔵もさぞや大変なのだろう。

お蝶がそう思いめぐらしたその時、

「ちょっとよろしいですか」

と、おこんが客席に顔を出した。

「藤三郎さんが裏口に来ているんですけど……」

藤三郎は毎日、いすず屋の裏口へ顔を見せるという約束を守ってくれている。

「おお、では、その者をここへ」

と、伝蔵が立ち上がりそうな勢いで言った。それからはっとした様子で、「かまいませぬな」と浅尾に目を向けて確かめる。

「まあ、よろしい。私もこの目で人となりを確かめておきたいゆえ」

浅尾の許しを得て、おこんが奥へと戻り、藤三郎を連れて引き返してきた。

「藤三郎さん、こちらの方々は奥女中の浅尾さまと大槻伝蔵さまです」

お蝶が藤三郎に告げると、藤三郎はその場に跪《ひざまず》いた。

「お目通りをたまわり、恐れ入ります」

大名家に仕えていたことが伝わってくる立ち居振る舞いであった。

「そなたが十年前、私に危うきを知らせてくれた者なのだな。その後、花火師が一人消えたとは聞いたが、その者が私を助けてくれたと知ることもなかった。今の今まで礼の一つも言えず、申し訳ないことであった」

伝蔵は心のこもった声で告げた。整った目鼻立ちゆえに、どことなく冷たく見えるところもあるのだが、この時の伝蔵はたいそう情の深い人物と映った。

「もったいなきお言葉です」

藤三郎も感極まったような声で返事をしている。

「さあ、立って、そこに座るがよい。恩人であるそなたの願いを叶えた上、その身を守ってやりたいという気持ちは持っているのだが……」

どうすればよいか、という答えは伝蔵の口から出てこなかった。

「あの、私は息子と思う者に再会することが叶いました。それだけでも十分なのです。ですから……」

藤三郎が遠慮がちに口を開いた。

「そなたがそれでよくとも、どこぞで死因の分からぬ死に方でもされれば、寝覚めが悪い。ご出産を控えておられるお貞さまの御ためにも、殺生《せっしょう》などもってのほかじゃ」

藤三郎と伝蔵の口を封じた浅尾は、ひとまずこの話をお貞のもとへ持ち帰ると告げた。藤三郎はしばらく江戸へ留まりつつ、念のため、いすず屋の表口からは出入りせず、悟助との対面もしない。これは、大槻伝蔵の行動を見張っている者がいると、念頭に置いてのことだ。

「そう案ぜずとも、お貞さまがよいように計ろうてくださる。心安らかに待つがよい」

浅尾は堂々たる口ぶりでお蝶に告げると、帰っていった。

それからしばらく時を置き、藤三郎が裏口からひっそりと出ていく。浅尾からの連絡はいすず屋へ届けられることになっているため、藤三郎はこの先も毎日裏口へ顔を見せることになっていた。

「ごめんなさいよ。本当なら、お客さまとして表口でお迎えしなくちゃいけないのに」

見送る際、おりくが申し訳なさそうに声をかけた。

「何をおっしゃってるんですか。私はいすず屋さんには足を向けて寝られないと思ってるんですよ」

藤三郎は明るく言い置き、帰っていった。

何気なく振る舞ってはいても、悟助と再会できる日が先延ばしになるばかりでは、心に堪《こた》えることもあるだろう。

大槻伝蔵を助け、悟助を守り……自分の正しいと思うことを命懸けで実行してきた藤三郎――そのまっすぐで優しい心が踏みにじられるようなことはあってはならないはずだ。藤三郎と悟助が本当に父子と名乗り合い、この江戸の町を一緒に歩ける日が来てほしい。お蝶はこの時、心の底からそう願った。

六

いすず屋の女三人が一柳と両国へ出向いたのは、それから九日後の七月十五日であった。前と同じように、藤三郎とは両国橋の袂で待ち合わせている。前回と違うのは、悟助がそこに加わったことだ。

藤三郎と悟助が顔を合わせるのは、六月三十日の花火以来であった。それまでも、人目につかぬよう注意すれば、対面できないわけではなかった。だが、浅尾や大槻伝蔵に迷惑をかけたくないと藤三郎は言い、彼らからの知らせを待つと決めた。

そして三日前、藤三郎は新たな職を得た。十年前に失った花火師としての仕事である。

その新たな仕事場は、戸山《とやま》にある尾張徳川《おわりとくがわ》家の下屋敷――戸山山荘とも呼ばれる屋敷内の細工場であった。

この日、藤三郎は小ざっぱりした麻の小袖に身を包み、真新しい上質な竹皮草履を履いていた。もはや人目を気にするそぶりなどなかったし、何より表情が明るく、若返ったようにさえ見える。

お蝶たちが両国橋に到着した時、すでに藤三郎は来ていた。

「いや、藤三郎さん。事情はいすず屋の皆さんから聞いたよ。本当によかった」

しばらくぶりとなる一柳と藤三郎が挨拶を交わした。

「いすず屋さんには本当にお世話になりました。もちろん、一柳さんにも」

藤三郎が深々と頭を下げた。

「私は何も、大したことはしていないよ」

一柳は手を横に振ってみせた後、

「それにしても」

と、しみじみした声で言った。

「藤三郎さんが御三家お抱えの花火師になるなんてね。まあ、元は加賀百万石の花火師だったんだから、十年前と似た境遇に戻ったって話なんだろうが」

加賀藩のお抱え花火師だった藤三郎がいざこざに巻き込まれて逃げ出したことは、一柳も知っている。それが大槻伝蔵を狙った謀とまでは伝えていないが、容易ならざる事情が絡んでいることには気づいているだろう。それでも、一柳がその事情について尋ねることはなかった。

一柳が聞きたがったのはむしろ、今の藤三郎がどうやって尾張藩お抱えの花火師になれたのかということだ。

これは、お貞から加賀藩主前田吉徳《まえだよしのり》に進言してもらうことで、実現したことであった。

この一件を打ち明けられた加賀藩主は、どう落着させるか考えた。

まず、藤三郎を花火師として加賀藩へ戻すわけにはいかない。といって、放っておけば十年前のことを蒸し返され、また命を狙われる恐れもあろう。当時、藤三郎を殺そうとした者が今も藩内に巣食っている見込みは高いのだから。

その連中が罪を犯した証を見つけ、一網打尽に捕らえることができればよいが、十年前の事件となればそれも難しい。それならば、彼らが決して手出しできないところへ藤三郎を行かせるしかあるまい。これまでのように江戸を離れ、生きていることすら彼らに気づかせないのは可能だが、それでは悟助と気ままに会うこともままならず、気の毒である。

そこで、吉徳が考え出したのは、加賀藩に匹敵するだけの大名家に藤三郎を預けてしまうことだった。

それを公にした上で、十年前、藤三郎が藩士らのいざこざに巻き込まれ、下屋敷を追われたことも大っぴらにする。そして、今後、万一にも藤三郎の身に不審なことが起こった場合、問答無用で加賀藩内部の者が関わっていると見なし、容赦なく下手人を暴き出すこと、その者は身分にかかわらず罪人として尾張藩へ突き出し、処分を任せることも公言したのだ。

これは、藩主吉徳が十年前の陰謀について、何らかの情報をつかんでいるが、それについては不問にする代わり、今後一切、藤三郎への手出しは許さぬ、と明言したも同じこと。

これで、藤三郎に手を出す愚か者はいないだろう――とは、浅尾を通してお蝶が聞いたお貞の言葉である。

尾張藩との話がまとまったのは、吉徳の亡くなった正室が尾張藩の姫だった縁によるものだった。さらに、尾張藩も含めた御三家は花火作りに力を注いでおり、その豪勢な大名花火を競い合っているという実情も重なった。かつて加賀藩で働いていた腕の確かな花火師ならば、と尾張藩の方でも召し抱えることに意欲を示したのである。

その後、吉徳の意向を受けた大槻伝蔵の仲介で、藤三郎は尾張藩の役人や花火師の親方と面会し、晴れてお抱えの花火師となることが叶った。いったん下総へ戻って身辺の整理をした後は、尾張藩下屋敷の長屋で暮らすことになるという。

そこでは身内を呼び寄せ、一緒に暮らすことができるそうなのだが……。

お蝶たちが藤三郎と顔を合わせてからさほど待つこともなく、待ち合わせの場所に悟助が現れた。

「とう……さん、なのか」

悟助は藤三郎の姿を見るなり、足を止めていた。その目にもはや藤三郎以外の者は入っていない。

「とうさん、なんだな」

足から根が生えたように動かない息子の方へ、一歩ずつ歩み寄りながら、

「そうだ、とうさんだよ」

と、藤三郎は一音一音を嚙み締めるように言う。

やがて二人の間は縮まり、互いを目の前にする。やや細身の悟助は藤三郎より少しだけ背が高かった。その姿を藤三郎は目を細めてじっと見つめる。

「大きく……なって……」

感無量というふうに呟いた藤三郎の言葉は、それ以上続かなかった。

「俺はもう十九だ」

少しぶっきらぼうな口調で悟助が言う。

「……そうか」

藤三郎はようやくそれだけ答え、洟《はな》をすすった。

「今までのことは聞いたけど……」

悟助が低い声で言う。その言葉が途切れると、藤三郎の表情が曇った。

「……ああ。すまなかった。お前を一人にしちまって」

「そんなことはいいんだ」

悟助が苛立つように言った。

「じゃあ、何が言いたい」

藤三郎が限りなく優しい声で、少し気遣うように尋ねた。

「俺が言いたいのは……」

言いかけて、悟助が再び詰まる。藤三郎は静かに待っていた。悟助を見つめる目の中にはもう、息子の反応を案じる色は宿っていない。何を言われてもすべてを受け容れようという温もりだけがそこにはあった。

「信じてたってことだよ」

不器用な物言いに、藤三郎が「ん？」というふうに首をかしげる。

「とうさんが生きてるって……死んでないって、俺は信じてた」

荒い息を継ぎながら、悟助は言い切った。

「そうか。ありがとよ」

藤三郎が悟助の肩に軽く手を置きながら言う。

「それに、お前も生き延びてくれて、ありがとな」

「……ああ」

二人の間にあった、一歩分の埋まっていなかった場所——藤三郎は悟助の肩を引き寄せながら、それを埋めた。うなだれた息子の背中に手を回し、励ますように軽く叩いてから体を離し、再び語りかける。

「俺が尾張藩に拾っていただいたことは聞いたか」

「……うん」

「お前も一緒に来ないか。俺の倅として」

悟助が顔を上げ、目を瞠って藤三郎を見つめた。

「お前が鍵屋の花火師だってことは先方に伝えてある。喜んで受け容れてくださるというお話だ」

藤三郎は熱心に言った。悟助は藤三郎を見つめたまま、無言を続けている。だが、先ほど言葉を探して焦っていた時とは違い、落ち着いた心でじっくり考えている様子であった。

「いや、とうさん」

悟助はやがて静かな声で呼びかけた。

「俺は……町方の花火師だ。大名家の花火師とは違う」

「そうか、分かった」

藤三郎はすぐに納得した表情でうなずくと、振り返ってお蝶たちに頭を下げた。

「すみません。お見苦しいところを」

「いやいや、まだまだ話し足りないだろうが、これからはゆっくり会うこともできるんだからね」

一柳が穏やかな表情で言い、

「本当によかったですねえ」

と、おりくが悟助に笑顔を向ける。悟助は「ありがとうございます」と深々と頭を下げた。

「それじゃあ、俺は行かないと」

悟助が藤三郎に向かって言った。今日も両国へは鍵屋の花火師として仕事に来ているのであり、藤三郎と会うために少しだけ暇をもらってきたのだそうだ。

「今日は、橋の近くで見物させてもらうよ」

藤三郎が悟助に言う。悟助は今日も花火船に乗るとのことで、納涼船の間を漕ぎ回りながら、花火を見せるらしい。

「お前の花火を買うことはできるか」

藤三郎が尋ねると、悟助は少し驚きながら「それはできるけど」と答えた。金は後で藤三郎が支払うということで話はまとまった。悟助の乗る船が藤三郎たちのいる場所に近付いてきた時、点火してくれるそうだ。

「それで、何の花火を？」

「俺が見せてやると言った花火だ」

藤三郎の言葉に、悟助が小さく息を呑み、それからうなずいた。

「分かった」

悟助はそれだけ言うと、来た道を駆け足で戻っていった。それから、お蝶たちは広小路の屋台見世を回りながら、蕎麦や団子などで腹を満たし、日暮れまでに両国橋に近い場所を陣取った。

やがて、納涼船や花火船が漕ぎ出されていく。

船には明かりが灯っているので、お蝶たちの側から花火船を見つけることは難しくない。

「あ、来ました。悟助さんに……亮太さんも乗っていますよ」

目を凝らしていたおこんが、一艘の花火船を指差しながら声を張り上げた。

「確かに悟助さんです。藤三郎さん、急いで合図を」

お蝶の言葉で、藤三郎が火打石を取り出し、三回打ち鳴らした。悟助がこちらに目を向けたことを皆で確かめる。

悟助は亮太に介添えされながら、手持ち花火の準備を始めた。先日よりも手際よく、瞬く間に持ち手のついた筒形の花火が取り出された。見た目はとんぼと同じだ。

亮太が竹筒に火を点《とも》す。火薬に点火した音がして、やがて竹筒の真ん中から火花が左右に噴き出した。横に広がるその火花は一対の翅だ。

「……蝶火だよ」

花火から目をそらさずに、藤三郎が震える声でささやいた。お蝶もまた、息を詰め、蝶火の花火に見入り続ける。夜の水上を飛ぶ蝶は、まぶしく、美しく、そして儚《はかな》かった。

「俺が見せてやる前に、悟助のを見ることになるなんてな」

藤三郎が湿っぽいものの混じった声で呟いた時にはもう、花火は終わっていた。

「とうちゃん！」

その時、花火の消えた水上の暗がりから声が聞こえてきた。

「ちゃんと見てくれたか、俺の蝶火」

「ああ、見たぞ。とうさんもお前にゃ負けてられねえ。次はとうさんの蝶火を見せてやる」

「……ああ」

岸辺と花火船――やや距離を置いた暗がりだからこそできた声の掛け合い。話し上手とは言いがたい似た者同士の父子は、顔と顔を突き合わせていれば、こんなやり取りはできなかったことだろう。

「父子の花火対決ってことだね。そりゃあいい」

と、一柳が陽気な声で言う。それが耳に入ったのか、近くにいた五十がらみの男が藤三郎に話しかけてきた。

「お前さんが倅を花火師に育てた親父さんかい。いい跡継ぎで、さぞご自慢だろうね」

「ええ。自慢の倅ですよ」

藤三郎は晴れやかな笑顔で言った後、悟助の乗る舟の方へ目を戻した。何とも誇らしげな、愛おしい者を見る温かい眼差しであった。

第三話　仔猫騒動

一

七月の半ばも過ぎると、朝や夕方の風にひんやりとした心地よさを覚え、秋の気配を肌で感じるようになる。しかし、日中の暑さは相変わらずの厳しさで、いすず屋で人気の品が冷たい甘酒と白玉団子であることも変わらなかった。

そんな七月十八日の昼過ぎ、いつものように一柳がやって来て、太々餅と温めの麦湯を注文した。他の品も取り交ぜて注文してくれる一柳だが、いちばんのお気に入りは太々餅だと言っている。

「暑い中、ようこそお越しくださいました。涼しくなるまでゆっくりしていってくださいね」

注文の品を届けると、「そうさせてもらうよ」と一柳はほくほく顔で太々餅を受け取った。

「花火師さんたちの一件が片付いて、いすず屋さんもほっとひと息吐《つ》いたところだね」

のんびりした一柳の言葉に、お蝶はうなずいた。一柳とはほぼ毎日顔を合わせているが、ゆっくり話のできない時もある。この日は客も少なく、手も空いていたので、お蝶は一柳の前の席に腰を下ろした。

「その節は本当にお世話になって」

そもそも、いすず屋に現れた元花火師の藤三郎に、一柳が親しく声をかけたことから、いろいろなことが動き出したのだ。あの時、一柳が居合わせなければ、藤三郎はお蝶たちの知らぬうちに江戸を離れてしまっていたかもしれない。一柳の言動はあまりに目端が利く――利きすぎると言ってもいいくらいである。

まるで、初めからこうなることを分かっていた、とでもいうような――。

いくら何でもそんなことはあるまいと思いつつ、お蝶の心の隅には引っかかるものがある。だが、一柳に尋ねたところで、ただの年寄りの勘だとごまかされてしまうのは分かっていた。

「そうそう。ここんとこ、のんびり話もできていなかったけれど、お蝶さんが近所の子供たちに聞かせてあげるお話は足りているかい？」

一柳が思い出したように訊いた。

「あ、はい。預かっている仔猫のそら豆と遊んでいるうちに眠ってしまうこともしばしばなので。ですが、お話はいくらあっても助かりますから、よろしければ、お聞かせください」

お蝶が頼むと、一柳は嬉しそうな表情を浮かべる。

「そうかね。それじゃあ、お蝶さんはどんな話がお好みかい」

「やはり、子供たちに喜んでもらえる話がいいのですが」

寅吉とおよしが大好きなのは、仔猫のそら豆だ。猫の話を子供たちが喜ぶのは間違いない。

「前にもお頼みしましたが、やはり猫の出てくる話が喜ばれると思うんです」

恐縮しつつもお蝶が言うと、

「そういや、前にも猫の話をしたねえ」

と、まだそれほど前のことでもないのに、一柳が懐かしそうに呟いた。

「はい。いい猫の話と悪い猫の話を伺って、いい猫の話をこの前、聞かせてあげたんですけれど、二人とも満足そうでした。うちで預かっているそら豆もいい猫だとはしゃいじゃって」

「そうだったのかい。それなら、猫の話をするのがよさそうだねえ」

一柳は麦湯を啜りながら考え込んでいる。やがて、思い当たったことがあるという表情になると、茶碗を縁台に置いて語り出した。

「お蝶さんは聞いたことがあるかもしれないが、なかなか面白くて、楽しんでもらえそうな話がある」

「ぜひお聞かせください」

お蝶が聞き入る姿勢になると、一柳も表情を引き締めた。

「それじゃあ、お話しするよ。猫だけじゃなくて、他の獣たちもいっぱい出てくる話なんだがね。昔、神さまが干支《えと》を決めようとなさって、さまざまな獣に声をおかけになった。先着で決めるから、日時と場所はこれこれだよ、とね。さて、この話を聞いて、よからぬ画策を始めたのが鼠《ねずみ》だ。まず、猫に一日遅れの日時を伝えて脱落させる。次いで本番の競争では、出発してすぐ足の速い牛の背中に乗っかった。そして、いよいよ到着場所が近付いた際、牛の背中から飛び降りると、何と、牛よりも先に一等で到着しちまったんだよ」

一柳が口を閉ざし、この話はどうだろうという目を向けてくるので、お蝶はにっこりした。干支にまつわるこの話はお蝶も聞いたことがある。

「だから、鼠は干支の一番手に来て、牛は二番手ということなんですよね」

「そうそう。お蝶さんはこの話を知っていたんだね」

「はい。でも、子供たちに話したことはありませんし、今の今まで忘れていたので、思い出させていただけてありがたかったです。ちなみに、猫は鼠に騙されたので、十二支の中に入ることができなかったんですよね」

「そうなんだよ。猫はこの時のことを恨みに思って、鼠を見るとつい追いかけてしまうんだね」

お蝶はくすくすと笑った。

「本当ですね。鼠を退治するには、猫が欠かせませんから」

食べ物や建材を齧《かじ》る鼠は本当に困りものだ。そのために猫を飼う家も多いし、猫を飼わない家では石見銀山《いわみぎんざん》を置いている。

「そうなんだよねえ。猫は本当に人の役に立っているのに、十二支の中に入れなかったのは痛恨の極みだろうなあ」

一柳の言葉にうなずきながら、お蝶はそら豆の姿を思い浮かべた。預かって数ヶ月、本当に小さかった仔猫のそら豆はだいぶ成長した。初めに聞いていた人見知りなところなど、まったく感じられないし、寅吉やおよしとは毎日のように外で一緒に遊び回り、すっかり逞しくなった。特に、お蝶の作った双頭蓮の猫じゃらしは、そら豆と子供たち皆のお気に入りである。

(あんなに仲良しなのに……)

一柳の話で朗らかになったお蝶の気持ちは、あることを思い浮かべた途端、ふっと沈んだ。顔に出したつもりはなかったが、一柳は敏感に察したようで、

「お蝶さん、何か心配事でもあるのかい?」

と、すぐに尋ねてきた。特に話そうとの心づもりはなかったが、気づかれてしまったのなら、隠しておくまでもない。

「実は、うちで預かっている猫のそら豆なんですが、間もなく本来の飼い主さんにお返しすることが決まったんです」

「ほう。確か、お蝶さんの知り合いという、油問屋の熱川屋《あたがわや》さんから預かったんだったね」

一柳が記憶をたどるように言った。

「そうなんです」

お蝶の幼馴染みで、寺子屋も一緒に通った熱川屋の美代《みよ》――今は婿を取って、その内儀となった美代から、湯治に行く間だけとの約束で、この春、預かったのがそら豆である。

ところが、その美代が留守をしている間に、熱川屋では小火《ぼや》が出た上、手代の一人が熱川屋の主人――つまり美代の夫である佐之助《さのすけ》を害そうとする事件が起こった。

お蝶とそら豆はその現場に立ち会い、事件を解決に導いた経緯《いきさつ》がある。

そら豆はしばらく脅えていたが、その後は元気を取り戻した。美代は湯治先から慌てて帰ってきたものの、店といい家といい、ごたごたしている上、そら豆が熱川屋で怖い思いをしたことも踏まえ、お蝶にもうしばらく預かってほしいと頼んできたのだった。

お蝶はすでにそら豆のいない暮らしを耐えがたく思っていたから、喜んで引き受けたのだが、夏も終わった今、そろそろそら豆を引き取りたいと、つい先日、いすず屋へ来た美代から告げられたのである。

その時は、花火師たちの一件で、お蝶も頭がいっぱいだったし、美代もすぐに引き取ると言ったわけではない。すっかりお蝶に馴れたそら豆が、急に熱川屋へ戻ることで負担を感じないよう、気配りもしたいと言っている。

――とりあえず、うちも引き取る用意をしているとだけ、頭に置いておいて。

その日の美代はそれだけ言って帰っていったのだが、この話が出た以上、近いうちにそら豆を返すことになる。お蝶自身の寂しい気持ちもさることながら、寅吉とおよしがこの話にどれほどの衝撃を受けるか、ということの方がお蝶は気にかかっていた。

そのことを一柳に告げた後、

「子供たちにどう知らせたものかと悩んでおります。いっそのこと黙っていて、飼い主さんに返してから知らせた方がいいかしら、とも思うのですが……」

と、お蝶は相談した。

「なるほど、それは悩ましいだろうねえ。かわいがっていた猫が知らぬうちにいなくなれば、そりゃあ、子供たちは泣き騒ぐだろうが、目の前にいなけりゃ、いくら泣いたって仕方がない。いずれは泣き疲れて、あきらめることになるんだろうが……」

「ええ。ですが、大人たちに欺《あざむ》かれたと思うかもしれません。といって、前もって知らせれば返したくないと言い出すかもしれませんし、そういう気持ちは猫にも伝わって、余計な不安を抱かせるんじゃないかと」

　そら豆はこれから熱川屋へ戻れば、暮らしぶりが一変する。今度は、小火に出くわした家へ戻される形となるので、お蝶はそら豆のことも心配だった。

「そうだねえ。私はその子供たちのことを知らないから、こうしたらいいとは言ってあげられないけれど……」

　一柳はお蝶の目をしっかりと見据えて言った。

「子供ってのは案外、強くてしぶといものだからね。お蝶さんが考えているほど、か弱くて泣き虫じゃないかもしれないよ」

「……そ、そうでしょうか」

　お蝶は少しばかり動じてしまう。

　これは、お蝶が子を持たず、子を育てたこともないからこその言葉なのだろうか。確かに、お蝶が世間も認める「母親」であったなら、この手の言葉は向けられなかったかもしれない。何げない一柳の言葉に深い意図や悪意がないことは分かる。

　それでも、お蝶の心はかすかに痛んだ。

（あたしには、子がいるのに……）

子育てをしたことはないが、まぎれもない母親だ。子供に無知な女のように言われたくないと思う一方、子供のことを本当に分かっているのかと問われれば、うなずくことはできない。

（あたしは、自分の考えで、我が子を手放した……）

そのことへの罪悪感がお蝶の胸には常にある。だからなのか、お前は母親ではない、というようなことを言われると——一柳のそれがそういう意図でないことは重々承知していても、つい余計なことにまで考えをめぐらしてしまう。

「一柳さんのおっしゃる通りかもしれません。子供たちの親御さんにもご相談しつつ、考えてみることにします」

お蝶は気を取り直して、さりげなく取り繕った。

「ああ、そうするといいよ」

「干支のお話も喜んでもらえると思います。また、猫のお話があったら、お聞かせください」

そら豆がいなくなった後でも、子供たちと一緒にその姿を偲《しの》べるように——。

源次郎のこと、そら豆のこと、寅吉やおよしのこと——胸の内に渦巻くさまざまな思いを抱えつつ、お蝶は一柳に話を聞かせてくれた礼を言い、微笑みながら席を立った。

二

とりあえず、そら豆を返すことになったとお夏には打ち明けよう——そう思いながら、お蝶が宇田川町の長屋へ帰ると、長屋前の空き地が妙に騒がしかった。寅吉やおよしたちが外で遊んでいることもあるのだが、今日はどうやらそんなのんびりした雰囲気ではなさそうだ。

どうしたのだろうと急ぎ足になったお蝶は、ふだんならここにいるはずのない人物を見つけて仰天した。

「龍之助さん？」

加賀鳶の龍之助が、厳しい表情で仁王立ちするお夏を前に、たじたじの表情になって身を縮めている。

「あ、お蝶さん。待ってたよ」

龍之助はお蝶の姿を見るなり、救われたという表情を浮かべた。

「おや、お蝶さん」

お夏がいつもと違う硬い声で呼びかけてきた。

「このお人と知り合いってのは、本当なのかい？」

問い質《ただ》すような口ぶりである。

「え、茶屋によく来てくださるお客さまですが」

「えー、本当にぃ？」

お夏の腰にまつわりついていたおよしが、ひょいと顔をお蝶の方へ向け、不満そうに訊いてきた。

「お蝶姉、こいつ、猫泥棒だぞ。こんな奴と本当に知り合いなのか」

およしの横では、そら豆をしっかと抱えた寅吉が、疑わしげな目を向けてくる。

「お蝶さん、助けてくれよ。いくら知り合いだと言っても、このおかみさんが信じてくれなくてよお。この子らも俺のことを泥棒扱いするし」

龍之助はほとほと疲れたという様子で言った。

「泥棒って、どういうことですか」

驚いてお夏に目を向けると、

「子供らが言うには、この人がそら豆を連れ去ろうとしたらしいんだよ」

との返事である。

「そんなこと、してねえよ」

龍之助は大声を出した。

「俺は、お蝶さんの猫を見に来ただけだって。その猫が俺の渡した鈴をつけてたから、あ、お蝶さんの猫だと思って、ちょいと抱き上げようとしただけじゃないか」

「逃げ回るそら豆を追いかけて、無理やりつかまえようとしたくせに」

寅吉が龍之助に咎めるような目を向けて言う。

「そうだよ。そら豆は嫌がってたんだからね」

と、およしも唇を尖らせて後に続いた。

「龍之助さん……」

お蝶が改めて龍之助に目を向けると、「違う、違うって」と龍之助は首を激しく横に振った。

「逃げようとするから、そりゃ追いかけたけど、その猫は……いや、お蝶さんのお猫さまは嫌がっていなかったって。ちょいと追いかけっこして遊んでただけだよなあ」

龍之助がそら豆に愛想笑いを向けると、寅吉がそら豆をその目に触れさせまいとするかのように体をひねった。

「お猫さま?」

お夏が龍之助の言葉を聞き咎め、頓狂な声を出す。お夏の龍之助を見る眼差しがますますきつくなったようだ。

「あ、それはね、龍之助さんは加賀鳶なの。お仕えする加賀藩の上屋敷で飼われている猫は、お猫さまと呼ばれてるんですって。それを真似してるだけ。悪気があってのことじゃないから、気にしないでちょうだい」

お蝶は慌ててお夏に言った。

「ふうん」

お夏は龍之助とお蝶を交互に見ながら、とりあえず二人が知り合いで、龍之助が疑わしい人物でないということだけは分かってくれたようだ。それでも、そら豆を連れ去ろうとした疑いまでは晴れていないようで、そら豆を抱いた寅吉を庇うように立ち続けている。

お蝶としても龍之助に対し、問い質したいことがあった。

「龍之助さん」

お蝶は表情を改め、龍之助に向き直る。

「そら豆を連れ去ろうとしたわけじゃないというお言葉は、嘘ではないと思います。けれど、龍之助さんはどうやってここへ来たんですか」

「えっ……」

お蝶の問いかけに、意外な声を漏らしたのはお夏であった。

「あたし、龍之助さんにここの場所をお知らせしたことはありませんよね。いすず屋の近くの町に住んでいるとは言ったかもしれませんが、宇田川町とまでは話していないはずですが」

「そ、そりゃあ、その……」

龍之助はしどろもどろになった。

「ちょいと、あんた」

いったん引き下がっていたお夏が、再びずいと身を乗り出した。

「まさか、帰り道のお蝶さんを尾けたっていうんじゃないだろうね」

「そ、そんなことはしてねえ」

龍之助は冷や汗を拭いながら、首をぶんぶん横に振る。

「それじゃあ、どうやってお蝶さんの住まいを突き止めたっていうんだい？」

「それは、おおよその方向は何となく勘で。長屋に住んでるとは聞いていたから、それらしい長屋を訪ね歩いて、猫のいるところを……」

「訪ね歩いたですって。どうしてそんなことを——？」

お蝶は驚いて、思わず大きな声を出してしまった。龍之助の勘のよさがどれほどのものかは知らないが、仮に宇田川町にしぼって探したのだとしても、猫を飼っているという手がかりしかなければ、それなりに大変だったはずだ。

「そりゃあ、お蝶さんを吃驚《びっくり》させるためにさ」

龍之助は罪のない顔つきで無邪気に言った。

「吃驚って、そりゃあ、確かに吃驚はしましたけれど」

啞然とするしかない。そのためだけに、お蝶の住まいをこっそりと探していたなんて。

「前にお蝶さんが本郷に来てくれたことがあっただろ。あの時、俺は本当に吃驚させられたんだよ。それに、心から嬉しかったんだ。だから、今度は俺がお蝶さんを吃驚させようと思ってさ」

龍之助はさわやかな笑みを浮かべている。

嘘を吐いている——と決めつけることはできなかった。ふつうに考えればいろいろと疑わしいことはある。

お蝶の住まいを知りたいのなら、どうして面と向かって尋ねないのか。それがふつうのやり方なのに。吃驚させたかったからという言い訳は、龍之助から聞くと、もっともらしく聞こえたが、ふつうの大人の男のすることではない。

もし龍之助が嘘を吐いているのなら、お蝶の住まいを探した狙いは別にあったということになる。

龍之助は加賀鳶だ。いろいろと不穏な動きをする加賀藩の重臣とつながっていない、と決めつけることはできない。

(もしも龍之助さんが、源太を追い詰めた敵とつながっているのなら、ここへ来るのも楽だったはず)

源太が姿を消した五年ほど前、お蝶の長屋は何者かによって荒らされた。下手人は見つかっていないが、源太を狙った相手だろうと、お蝶は思っている。つまり、その時点で彼らはお蝶の長屋を把握していた。

その後、いったん長屋を去ったお蝶だが、二年前、元の長屋に戻ってきた。

それがここ、宇田川町のはまぐり長屋だ。源太の手がかりをつかむため、あえて前と同じ長屋を選んだのである。

龍之助がここへ現れたのは、かつてお蝶の部屋を荒らした相手から場所を聞いてのことではないか。どうしてもその疑念が浮かんでしまう。

「お蝶さん、この男の言うことを、まさか信じるわけじゃないよね」

お蝶が無言でいると、お夏が鋭い口ぶりで訊いてきた。お夏は頭から龍之助の言葉を疑っているようだ。

「嫁入り前の娘の部屋をこっそり探して待ち伏せるなんて、あんた、いったいどういう料簡《りようけん》なんだい」

「えっ、こっそり待ち伏せなんて、人聞きの悪いこと言わないでくれ。俺はお蝶さんを吃驚させようとはしたが、こんなふうに誤解された後だって、逃げも隠れもしてないだろ」

「ふん、どんなもんだか」

お夏は腕組みをして、上背のある龍之助の顔を睨みつけている。

「とりあえず」

お蝶は二人の間に割って入る。

「龍之助さんはそら豆を連れ去ろうとしたわけじゃないんですね？」

そろそろ話をまとめようと、お蝶は気持ちを切り替えて、龍之助に訊いた。

「おうよ。そんなことは微塵《みじん》も考えちゃいねえ」

「分かりました。それじゃあ、今日のところはお帰りください。それから、ここへいらっしゃることはもうおやめください。近所の子供たちを脅えさせたんですから、仕方ありませんよね」

「いや、脅えてるのは俺の方なんだけど……」

龍之助は小声でもごもご言っていたが、お夏と寅吉、およしに睨みつけられ、

「分かったよ」とうなずいた。

「芝へお越しの際は、ここではなく、門前町のいすず屋へいらしてください」

お蝶は笑顔で告げた。

「そ、それはいいけど、お蝶さんのお猫さまにはもう会えないのかい？」

意外なことに、龍之助は寂しそうな表情を浮かべて言った。そんなにもそら豆のことが気に入ったのだろうか。

だが、そら豆はもうすぐここからもいなくなるのだ。

「そら豆のことも脅かしたんですから、仕方ありません」

「そうだよ。そら豆がかわいそうじゃないか」

寅吉が続けて叫ぶ。

「わ、分かった、分かった」

勇ましい加賀鳶の面影はどこへやら、龍之助は困惑顔で寅吉の言いなりになっている。

「それじゃあ、帰るよ。お蝶さん、今度はいすず屋へお邪魔するから」

「はい。そうしてください」

お蝶は貼り付けたままの笑顔で言う。龍之助は踵を返しかけたが、

「おかみさんに坊主、嬢ちゃんもすまなかったな」

と、最後は三人に詫びてから帰っていった。龍之助が歩きかけたその時、

「にゃあ」

と、そら豆がふやけたような声で鳴いた。

龍之助は驚いたように振り返ったが、お夏たちの表情が変わらぬことに気づくや、すぐに体の向きを戻し、去っていった。

「にゃあにゃあ」

そら豆は鳴き声を上げている。それは、「とっとと帰れ」と言っているようにも、「またおいで」と言っているようにも聞こえ、そら豆が龍之助を気に入ったのか、はたまたその逆なのか、お蝶には判断のしようがなかった。

ただ、寅吉とおよしの耳には、恐怖から解放された安堵の鳴き声、としか聞こえなかったようだ。

「おお、よしよし。そら豆、もう怖がらなくていいんだぞ」

寅吉はそら豆の頭を撫でながら言った。

「かわいそうにね、そら豆」

およしも一緒になって、そら豆の頭を撫でている。みゃあ、みゃあとそら豆が甘えるように鳴いた。

「お前たち、早くそら豆を家の中に隠しておしまい」

お夏も同じ考えなのか、子供たちを家の中へと追い立てる。

「うん。お蝶姉の部屋に連れていくよ」

と、寅吉は言って、そら豆を抱いたまま、およしを引き連れ、お蝶の部屋へと向かった。それを見送ってから、

「お蝶さん」

と、お夏が気がかりそうな目を向けてくる。

「茶屋のお客さんだってことは分かったけどさ。おかしな男にまとわりつかれて、困ってるんじゃないのかい？　女将さんはこのことを知ってるの」

お夏は親身に尋ねてきてくれる。

「いえ、困っていると言うほどのことは――」

「けど、お蝶さんに内緒でその住まいを突き止めるっていうのは、おかしな男ってことにならないかい？　お蝶さんに惚れていて、住まいを教えてほしいなら、面と向かって尋ねるのが筋ってもんだろ。それを隠れてこそこそなんて」

「あたしも少し驚きましたけれど、まあ、吃驚させたかったっていうのも嘘には聞こえませんでしたので」

それは事実だった。だが、だからこそ、決め手に欠ける。龍之助が本当に無邪気なだけの男なのか、それともそう装って、実は加賀藩の誰かの命令を受け、お蝶の様子を探っているのか。

だが、加賀藩をめぐるいざこざについて、お夏に知らせるわけにはいかない。巻き込みたくもない。

「とにかく、龍之助さんのことではご迷惑をおかけしました。そら豆を盗もうとしたのではないと思いますけれど、お夏さんがいてくださって助かりました」

お蝶は話を変えて、頭を下げた。

「ところで、そら豆のことなんですけれど」

お蝶が声をひそめると、お夏も顔色を変える。

「実は、いよいよ飼い主さんに返すことになったんです。寅吉ちゃんとおよしちゃんにどう伝えたものか、ご相談したくて」

「あちゃあ。いよいよ来るべき時が来ちゃったか」

お夏が浮かない表情になって呟く。

「まあ、打ち明ける時はよく考えてってことにしよう。うちの人にも相談してみるからさ」

「よろしくお願いします」

と、お蝶は頭を下げた。

そして、二人は何事もなかったふうに繕うと、子供たちの待つお蝶の部屋へと向かったのであった。

三

目が覚めた時、寅吉は頭の中がひどくぼんやりしていた。何だかよくない夢を見たように思う。いや、夢ではなくて、昨晩、嫌なことがあったのだったか。

いろいろなことが頭の中をよぎっていくが、すぐに考えはまとまらなかった。

そうするうち、寅吉は不意に覚醒する。

(そうだ、そら豆!)

絶対に忘れてはいけないと思っていたのに、どうして起きてすぐ、そのことを思い出せなかったのだろう。

昨晩、両親がこそこそと話しているのを、夜着《よぎ》の下で寅吉は聞いてしまったのだ。眠かったたし、いつもなら何を話していようが聞き耳を立てたりしない。だが、そら豆と聞こえたような気がして、ふと耳を澄ませる気になった。

その時、母のお夏が言っていたのだ。

——さっき、お蝶さんから打ち明けられたんだよ。そら豆を返すことになったって。うちの子たち、今じゃ明けても暮れてもそら豆だろ。どんなにがっかりするか。

——そんなこと言ったって、余所《よそ》さまの猫じゃねえか。どうすることもできやしねえ。

父の安兵衛は面倒くさそうな様子で応じていた。

(お父つぁんはいつも昼間、家にいないから、そら豆のこと、何とも思ってない

んだ)

と、寅吉は気づいた。

母のお夏はその後も寅吉とおよしのことが心配だ、と言っていたが、そら豆を返さなければいけない、という考えは父と同じようであった。

そのことは、寅吉も分かっていた。

前に、これからもずっとそら豆と一緒にいたいと、およしと二人で話していた時、お夏が教えてくれたのだ。そら豆は、お蝶が知り合いから預かっている猫で、人から預かったものはいつか返さなければならないのだと――。

寅吉にはその理屈が分かる。だが、およしは嫌だと泣きじゃくっていた。本当はおよしだって、人のものは人のもので、自分のものじゃないとは分かっていると思う。だけど、嫌だ嫌だと駄々をこねていた。

寅吉はおよしのように子供っぽい真似はしなかったが、気持ちはおよしと同じだ。ただ、兄ちゃんとして、妹と同じことはできなかっただけだ。

その時、およしは泣き疲れて寝てしまい、そら豆を返さなくてはならないという話は終わった。話したところで、どうにかなるものではないと、寅吉も分かっていた。だったら、忘れていた方がいい。時折ふと思い出して、そんな日がずっと来なければいいと思い、時折、およしとそう言い合うことはあったけれど、二人ともお蝶の前でその話をすることはなかった。

独りぼっちで暮らしているお蝶は、そら豆がいなくなったら、たぶん、自分たち以上に悲しむと、寅吉たちは分かっていたのだ。

そら豆と一緒にいる時は楽しくて、いつかそら豆がいなくなる日のことなんて忘れていられた。楽しいことに夢中になっているうちに、悲しい未来が変わることを神さまにお願いしていたけれど、その願いは叶えてもらえなかったようだ。

(こうなったら！)

その朝、寅吉は覚悟を決めた。

大人たちが何とかしてくれないのなら、寅吉とおよしで何とかするしかない。いや、自分が考えて、およしに手伝わせるのだ。

およしはそら豆と離れ離れになることを決して受け容れられないだろうから、寅吉の言いなりになるはずだった。

幸い、昼の間、お蝶はそら豆を自分たちに預けてくれる。そして、お夏も家の仕事があるから、ずっと自分たちに付き添っているわけではない。

寅吉とおよし、そら豆だけになった時、動き出そう。

何をすればいいかは分かっていた。

そら豆をどこかに隠してしまえばいいのだ。そら豆の飼い主が仕方ないとあきらめてしまうまで。

こんなにも長い間、そら豆を放っておいて平気な飼い主なら、すぐにあきらめるだろうと、寅吉は思っていた。

そら豆をどこにどうやって隠し、その間、そら豆の食べ物の世話などをどうするか。

寅吉はあれこれと作戦を考えるのに一生懸命で、その日の朝餉《あさげ》は何を食べたのか、ほとんど覚えていなかった。お夏からは「ぼうっと寝ぼけてるんじゃないよ」と一度叱られはしたものの、寅吉が何かを企んでいると感づかれることはなかったようだ。

そうこうするうち、朝の忙しい時は過ぎていき、いつものようにお蝶がそら豆を抱いて、寅吉たちの部屋にやって来た。

「寅吉ちゃん、およしちゃん、今日もそら豆のこと、よろしくお願いするわね」

と、お蝶はにこやかに微笑みながら、そら豆を土間に下ろした。およしが歓声を上げながら土間に駆け下りていき、そら豆がにゃあにゃあと鳴いている。

「お夏さん、よろしくお願いします」

「ああ、昨日みたいなことにならないよう、あたしもちゃんと注意するからね」

と、お夏がいつになく真剣な表情で答えた。

(昨日の猫泥棒のことを、おっ母さんは心配してるんだな)

と、寅吉もそれまで忘れていた猫泥棒のことを思い出した。

これからそら豆を隠そうという時、猫泥棒がやって来るのは困る。

(もう二度とここには来ない、みたいなことを言ってたのに、また来るのかな)

少し心配になったが、今さら取りやめるわけにはいかない。

それからお蝶が仕事に行き、お夏が朝餉の片付けを始め、寅吉とおよしはいつものようにそら豆と遊び始めた。

「外へ行く時はちゃんと言ってからにおし。そら豆から目を離すんじゃないよ。昨日の男が来たら、すぐに大声を上げるんだ」

お夏からは厳しく申し渡され、寅吉とおよしは神妙にうなずいた。

お夏の目もあったので、しばらくの間、寅吉はおよし、そら豆と一緒に自分たちの部屋の中にいた。そら豆も丸くなっておとなしくしていたが、やがてむっくり立ち上がると、外へ向かって歩き出す。

「外に行くよ」

　寅吉はお夏に断り、長屋の部屋を出た。

「前の空き地から出るんじゃないよ」

と、お夏から言われ、「分かったよ」と返事をする。これからのことを思うとどきどきしたが、お夏は疑念などまったく持っていない様子であった。

寅吉は長屋の外に出ると、およしとそら豆に「話がある」と言い、輪になるようにと告げた。

「なあに」

およしは少しわくわくしているが、そら豆は関心がなさそうである。それでも、およしに頭を撫でてもらうのが心地よいのか、その場でじっとしていた。

「いいか、およし。これから話すことは内緒だぞ」

誰にも言わないようにと念を押してから、寅吉はそら豆がここからいなくなってしまうと告げた。

「えー、そんなの、嫌だよ」

およしはすぐにも泣き出しそうな顔になったが、

「安心しろ。兄ちゃんの言う通りにすれば、そら豆はずっと俺たちのところにいる」

寅吉は胸を張って告げた。

「なら、兄ちゃんの言う通りにする」

およしは素直に言う。続けて「そら豆もそうするよね」と声をかけると、そら豆もにゃあと返事をした。

「なら、やり方を言うぞ」

寅吉はおよしとそら豆に、今朝から頭の中で練り上げてきた案を打ち明けた。

そら豆を自分たちしか知らない秘密の場所へ隠す。その場所とは、ここから二棟離れたところにある長屋のいちばん奥の部屋だ。ここは空き家になっていて、誰も人が住んでいない。

この部屋にそら豆を潜ませ、食べ物は寅吉とおよしが運ぶ。

そら豆を返せと言ってくる意地悪な飼い主があきらめるまで、これを続ける。

「飼い主があきらめたら、俺たちの勝ちだ」

寅吉は高揚した気分で告げた。その気分はおよしにも移ったようだ。

「うん、分かった。そら豆もがんばろうね」

そら豆はみゃあと、分かっているのかいないのか、判別できないような声で鳴いた。これにはいささか寅吉も不安に駆られたが、およしも同じ気持ちになったらしい。

「そら豆はその……誰もいない部屋で……」

「俺たちの隠れ家だ」

「その隠れ家でずっと独りぼっちなの？」

「時々、俺たちが行く」

「でも、ずうっとはいられないよ。そら豆、そこから出たがるんじゃないかな」

それは確かに寅吉も心配なところであった。そら豆が自力で戸を開けることはできないだろうが、何かの拍子で開いたり、誰かが外から開けることだってないとは言い切れない。障子を破れば、外へ飛び出すこともできる。

「そら豆は首に紐をつけるしかないかな」

寅吉は苦渋の決断をした。

「許してくれよ、そら豆。ぜんぶ、お前のためなんだからな」

寅吉はそら豆の首輪に手を触れながら、真剣に言った。首輪につけられた鈴がチリンと澄ました音を立て、そら豆が何やら気に食わなそうな様子で、ふうーっと息を吐いた。

その日の夕方、長屋へ帰ってきたお蝶は連日の騒々しさに嫌な予感を覚えていた。まさか、昨日のことに懲りもせず、また龍之助がやって来たのかと思いきや、そうではなかった。

騒々しさは昨日の比ではない。およしはわあわあ声を上げて泣きじゃくっており、寅吉は歯を食いしばっているものの、その顔には涙の跡がある。

また、お夏も昨日よりずっと余裕のない厳しい表情をしていた。

「お蝶さん、お帰りなさい」

お蝶の姿を目に留めるなり、お夏は駆け寄ってきた。その後ろから寅吉がおよしの手を引いてくる。

「いったい、何があったの」

「本当にごめんなさい」

お夏はいきなり深々と頭を下げた。

「そら豆がいなくなっちゃったのよ」

「えっ……」

その瞬間、お蝶の脳裡に浮かんだのは、昨日の龍之助の顔であった。

「まさか、また龍之助さんが……」

「いや、昨日の男が来たわけじゃないんだ。今日のことは、この子たちのせいで」

お夏が寅吉とおよしを前に突き出す。

「ごめんなさい、お蝶姉。俺が……そら豆を……」

何とか言葉を発していた寅吉は、そら豆の名を出すなり、それ以上は言葉が続かなかった。必死に声をこらえているが、その目からは涙がぽろぽろあふれている。およしはその間、「そらまめぇ」とその名を呼びながら、泣き続けていた。

そら豆がいなくなったことで、この兄妹が衝撃を受けていることは分かるが、二人のせいというのはどういうことだろう。寅吉から説明を聞くのは無理だと思い、お夏に目を向けると、申し訳なさそうにしながら語ってくれた。

そら豆が飼い主のもとへ返される話を寅吉が聞きつけ、その前にそら豆を長屋の空き部屋に匿《かくま》おうとしたこと、そら豆が逃げ出すことを恐れて紐で括りつけたこと——お夏の口を通して、寅吉の計画が明らかにされていく。

そこまで順調に工作を終えた寅吉とおよしはいったんお夏のもとに戻り、そら豆がいなくなったと偽りの大騒ぎを始めたのだが、お夏はどうもおかしいと感じたそうだ。そこで厳しく叱りつけると、すぐさまおよしが泣き出して、事はあっさり露見したという。

「それで、そら豆を隠したという空き部屋へ急いで駆けつけたんだけど……」

「俺のつけた紐が落ちているだけで、そら豆の姿はなくなっていたんだ」

寅吉が声を張り上げて言い、ついにうわあんと泣き出した。

寅吉たちの言葉から推し量るに、そら豆をその部屋へ置き去りにしてから、皆が駆けつけるまでは、ほんの短い間だったという。

だが、その時、空き部屋の戸は開け放たれており、そら豆の姿は消えていた。部屋は差配人に頼んで、そのままにしてあるというので、お蝶はお夏たちと一緒に二棟離れた長屋の空き部屋へと向かった。聞いていた通り、そら豆の首に括りつけたという紐が土間に落ちていた。その近くに、子供たちのものと思われる足跡と、そら豆の足跡がいくつか見えた。

（そら豆……）

小さな足跡に手を触れた時、その不在が冷たくお蝶の胸に迫ってきた。

四

その後、差配人が声をかけてくれたこともあり、長屋の住人たちで近所を捜したが、そら豆は見つからなかった。お夏もお蝶も暗くなるまで付近を駆け回ったが、手がかり一つない。

寅吉とおよしがあまりにひどく落ち込んでいるので、

「そら豆は気まぐれなところがあるから、ひょいと戻ってくるかもしれないわ」

と、お蝶は軽い口ぶりで言い、もう泣かないようにと諭した。お夏にも、

「十分反省しているようだから、もうこれ以上は叱らないであげて」

と、頼んだ。

だが、そら豆がいなくなってしまったことは、飼い主の美代には知らせなければならない。

翌朝まで待ち、お蝶は熱川屋へ出向いた。

「あたしがきちんと見ていなければいけなかったのに、本当にごめんなさい。でも、必ずそら豆のことは捜し出して、美代ちゃんのもとに連れてくるから」

お蝶が謝ると、美代は悲しげな表情を浮かべつつも「お蝶ちゃん、あまり自分を責めないでね」と優しく告げた。

「そら豆を任せきりにしていたあたしにも責めはあるわ。そら豆を見つけるのに手伝えることがあったら、ちゃんと言ってね」

「どんなに責められても仕方ないのに、優しい言葉をかけてもらって」

「ううん」

美代はお蝶の手を取って、首を横に振る。

「ずっとお蝶ちゃんの優しさに甘えていたのはあたしの方。それにね、もしかしたらあたしが引き取るって言い出したから、それが嫌でそら豆は逃げ出したんじゃないかしら」

「まさか」

美代の言葉に驚いて、お蝶はその顔を見つめる。美代の双眸は寂しげに瞬いていた。

「いいえ、猫って人が思う以上に鋭いものよ。そら豆は逃げ出すことで、自分の考えをあたしたちに示したのかもしれないわ」

美代は最後までお蝶を責める言葉は一言も吐かなかった。

お蝶はその足でいすず屋へ向かい、いつものように仕事に取りかかった。接客中は、そら豆のことはいったん脇へ置こうと思うのだが、ともすれば無事でいるだろうかと気になってしまう。

そうしたことは、馴染みの客には分かるようで、この日の昼頃、やって来た勲、又二郎、要助の火消し三人組にはすぐに気づかれてしまった。

「お蝶さん、悩みごとでもあるのかい？」

勲が心配そうに尋ねてくる。

「俺たちに話してくれよ。お蝶さんのためなら何だって」

いささかお調子者で、三人の中ではいちばん若い要助がすかさず言った。口数の少ない梯子持ちの又二郎も、気がかりそうにお蝶を見つめてくる。

すると、何事かを考え込んでいた勲がはっと表情を変えた。

「まさか、あの加賀鳶の野郎がお蝶さんを困らせてるんじゃ……」

「いえ、勲さん……」

「そういや、あの野郎をこの辺りで見たって、ちょくちょく耳に入ってたんだ。お蝶さんにも話したよな。いすず屋には来てねえって聞いたけど」

「ええ、ここには来ていないわね」

「あの野郎、いったい芝で何を……」

お蝶に向けられた勲の眼差しが、急に大きく揺れた。

「お蝶さん、まさか、あの野郎とどっかで会ってるわけじゃないよな」

まるで逢い引きでも疑うかのような勲の物言いに、

「そんなこと、あるわけないでしょう」

と、お蝶は急いで言い返した。源太の仲間で、お蝶との仲も知っている勲たちから、妙な勘繰りはされたくない。

「じゃあ、あの野郎とはしばらく顔を合わせてないんだな」

勲はなおも慎重に問いを重ねてくる。だが、この問いかけには、すぐにうなずくことができなかった。

「……いえ、顔は一昨日、見たのだけれど」

「一昨日だって」

勲たちの表情が変わる。

「会ってないって、お蝶さん、今、言ったじゃねえか」

「だから、会おうとして会ったわけじゃなくて、たまたま出くわしたのよ。その場には、うちの隣に住んでいるお夏さんやそのお子さんもいたの」

「ん？　お蝶さんの家のお隣さん？」

勲はわけが分からないという顔つきである。

「それって、まさか、野郎がお蝶さんの住んでるとこに行ったってことか？」

要助が重大なことに気づいてしまった、とばかりに大きな声を上げる。

お蝶は火消したちをなだめつつ、一昨日、長屋の前で龍之助と会ったことについて語った。龍之助がそら豆の姿を見たがっていたことや、手なずけようとしたのをお夏や子供たちに見られ、猫泥棒と思われたことなどもすべて話した。

「あの野郎、そら豆を手なずけようとするなんざ、魂胆が見え透いてるんだよ！」

と、そら豆とも顔見知りの勲が憤る。

「それはともかく」

と、その時、それまでおとなしくしていた又二郎が口を開いた。

「龍之助はどうしてお蝶さんの住まいの場所を知ってたんだ？　その日、あとを尾けたってわけでもないんだろ」

「龍之助さんが言うには……おおよそこの辺りだろうと見当をつけて、探したらしいわ。あたしを吃驚させたかったそうだけれど」

「おいおい」

動が不穏な声を出した。

「その辺の長屋を端から当たっていったって言うのかい。男が若い女の家を探そうなんざ、気味悪いだけだろ。町の人に訊いて回るのだって、それらしい理由がなけりゃ、不審がられるだけだぜ」

つまり、明らかに余所者の龍之助が人に尋ね回るには、お蝶の身内を装うなどといった策が必要で、そんな真似をしていたら許せないし、自分の足だけで探していたなら、馬鹿も休み休み言えということらしい。

お蝶としては、龍之助ならば自分の足だけに頼ることもやりかねないように思える。だが、それがわざと愚かさを装った見せかけではないと、言い切ることもできないのだった。

「龍之助さんには、もう長屋には来ないで、とはっきり言ったわ。お隣のご一家からかなり不審がられているし、さすがに二度と来ないでしょう。そら豆も無事だったし、その日のことはもういいの。それより、昨日、そら豆が本当にいなくなってしまって……。今も無事でいるのか、気がかりなのよ」

と、ようやくお蝶は今抱えている心配事を口にすることができた。

「えっ、そら豆をあの野郎が盗んでいったってこと？」

要助がきょとんとして言う。

「違うわよ。そら豆がいなくなったのは昨日のこと。龍之助さんが来たのは一昨日だもの」

「何言ってんだよ。昨日の今日、いや、その一日前か、ああもう。とにかく一日違いでいなくなったのなら、加賀蔦の野郎に何かされたに決まってんだろ」

「まさか――」

この件に関して、龍之助のことを疑っていなかったお蝶は少し驚く。

「そら豆が姿を消したのは、嫌なことがあったからだと思うの」

お蝶はそれから、熱川屋へ返すことが決まったそら豆を、隣に住む子供たちが空き部屋に隠した上、首に紐をつけたという話をした。

「そら豆はこれまで、紐でどこかに縛りつけられたことなんてなかったから、きっと驚いたと思うのよ。自分をかわいがってくれる子供たちがどうして急にそんなことをするのか分からず、怖くなったのかもしれないわ」

「けどさあ、その隠し部屋から加賀蔦の野郎が連れ出したかもしれないだろ」

要助が疑わしそうに言うと、

「分かったぞ」

勲がいきなり、ぽんと膝を打った。

「龍之助の野郎、さんざんお蝶さんを心配させた後、何食わぬ顔で現れ、そら豆を助けたって恩を着せる気なんだよ」

龍之助がそこまで面倒な、持って回った策をめぐらせるだろうか。お蝶からすればあり得ない話だが、「さっすが、勲さん。それに決まってますぜ」などと要助がおだてるものだから、勲はすっかり悦に入ってしまった。

「よおし、あの野郎の思惑通りにゃさせねえぞ」

などと、勲は息巻いた。

「させないって、どうするつもりなの？」

「そうだな。あの野郎はお蝶さんの長屋を突き止めて、お蝶さんを脅えさせた。だったら、こっちもあの野郎の住処《すみか》を見つけ出してやろうぜ」

「別に、あたしは脅えたりしてないけれど」

お蝶の呟きは完全に聞き流された。

「そこにゃ、そら豆が押し込められてるかもしれねえ。そん時は助け出してやるからな」

勲はやる気満々だし、「今日はこの後、暇だし、すぐに行こうぜ、勲さん」と要助が煽り立てる。又二郎は賛同こそしなかったが、あえて勲らを止めようともしなかった。

「ちょっと待って。さっき、あたしの長屋をよく知らない龍之助さんが、適当に歩き回って探したっていうのを謗《そし》っていたわよね。勲さんが今からやろうとしているのは、それと同じことじゃないの？」

龍之助が加賀藩上屋敷のある本郷に住んでいるのは、推測もできるが、それ以上のことは分からないはずだ。それこそ、本郷を歩き回って探すことになる。

「ぜんぜん違うね。あの野郎がお蝶さんの長屋を探すのは、悪事を働こうとしてるのが見え見えで、他人さまの助けは得られない。けど、俺たちがあの野郎の家を訊いたところで、不審がる人なんていやしないさ。それどころか、喜んで教えてくれると思うぜ」

自信たっぷりに言う勲の言い分には一理ある。町火消しが加賀鳶の家を尋ねても、町の人は不審がりはしないだろう。その代わり、これから町火消しと加賀鳶の喧嘩でも始まるのかと、面白がられる見込みは高い。そうした雰囲気に乗せられた勲たちが何を仕出かすのか、お蝶にはその大騒ぎが見える気がした。

すっかり熱くなった勲はすぐさま三人分の代金を支払うと、「てめえら、付いてこい」と息巻いた。「へい」と要助が勢いよく立ち上がり、又二郎は表情を変えずに席を立つ。三人の中では最も常識を備えたふうの又二郎でさえ、心の中では加賀鳶への闘志を燃やしているのだ。

このままでは、三人を止める者がいない。龍之助が相手にしないでくれればいいが、それも望めないだろう。それに芝と違って、本郷には龍之助の仲間たちがいる。下手をして、大喧嘩にでもなってしまったら——。

「お蝶、お蝶」

と、その時、水屋の方からおりくが呼びかけてきた。「はい」と急いで水屋へ向かうと、

「お前も一緒に行っておやり」

と、おりくは迷いのない口ぶりで告げた。

「でも、お店は……」

「おこんもいることだし、何とかなるよ。それより、あいつらが何か仕出かさないよう、お前がきっちり止めな」

張りのあるおりくの声で言われ、お蝶も気を引き締めた。

「分かりました。行ってまいります」

襷を急いでほどくと、すでに表通りへ出ていた勲たちを追いかける。

「待って。あたしも一緒に行くわ」

お蝶の言葉に、三人は程度の差こそあれ、驚いた表情を浮かべた。一瞬の後、

「よおし、これで気合も十分だぜ」

と、勲が張り切った声を上げた。

五

お蝶は本郷へ向かう間、ついでにそら豆の捜索も行うつもりであった。宇田川町では昨日に引き続き、今日も長屋の暇な人々がそら豆を捜してくれている。お夏もできるかぎり力を尽くすと言っていた。

お蝶もこうして茶屋の仕事から解放された今、長屋の人々だけに任せてはおけない。勲たち三人組にも、

「そら豆らしい猫を見かけたら、すぐに知らせてね」

と、しっかり頼んでおく。

そら豆を見たことのない又二郎と要助には、「このくらいの大きさの三毛猫

で」と両手で形を作って示し、首には首輪と鈴をつけていることも話した。その鈴が龍之助からもらったものであることは、念のため黙っておく。

「そら豆もかわいそうになあ。あんな野郎につかまっちまって」

勲は龍之助を猫泥棒と決めつけているようだ。

「でも、そんなら、そこら辺にそら豆がいることはないっすよね」

と、要助が皆のやる気を殺ぐようなことを言う。

「ああ。だが、そら豆はなかなか賢い猫だからな。あの野郎の隙を見計らって、逃げ出したかもしれねえ」

勲は真面目な表情で言い、「なるほど」と要助は感心したようにうなずいた。

龍之助につかまった見込みは低いとお蝶は見ているが、もしも誰かにつかまったのなら、どうか逃げ延びていてほしい。

だが、いくら賢いといっても、そら豆は昨年生まれたばかりの仔猫である。逃げ出した後、見知らぬ場所で生きていけるだけの知恵があるかというと、いささか心もとない。

(今頃、お腹を空かせて、どこかで倒れているんじゃ)

そう思うと、お蝶の心は不安で落ち着かなくなる。歩きながら、道端から路地の奥、塀の上など、注意深く目を配ったが、そう都合よく見つかるはずもなかった。

火消し三人組もかなり真剣に気を配りながら歩いてくれたが、時折、猫を見かけたり、にゃあという鳴き声を聞いたりすることはあっても、そら豆ではなく、がっかりすることばかりが続いた。

そうこうするうち芝からは遠のいていき、本郷が近付いてくる。

結局、湯島天神《ゆしまてんじん》の門前に行き着いても、そら豆は見つからなかった。ここは前にお蝶が本郷へ出向いた際、龍之助と出くわした場所でもある。

あの日と同じように、門前茶屋は人で賑わっていた。

「よし、今からは本腰を入れて、あの野郎の家を見つけるぞ」

と、勲は仁王立ちになって言った。

「こんだけ人がいりゃあ、加賀鳶の住まいを知ってる人もいるだろう。お前ら、訊いてこい」

勲の言葉に、又二郎と要助が飛び出していく。勲はその場に立ったまま、動かなかった。

「勲さんは行かないの?」

お蝶が尋ねると、

「俺は見張りだよ。お蝶さんに変な虫がつかないようにな」

と、勲は言った。

「加賀鳶のあの野郎みたいなのにまとわりつかれたら困るだろ」

その通りではあるのだが、「はいそうです」とうなずくのも違う気がして、お蝶は黙っていた。

「ま、又二郎と要助はあれでなかなか目端が利くからな。それなりの成果を持ち帰ってくると思うぜ」

勲が自信満々という様子で言った。

しばらく門前茶屋の表通りの端で待っていると、やがて、又二郎と要助が戻ってきた。

「加賀鳶の一家がまとまって住んでいるという長屋の場所を聞いてきた」

と、又二郎が告げた。どうやら、そこに龍之助の一家も暮らしているらしい。

「加賀鳶の龍って言っただけで、分かる人もいた。あいつ、この辺りじゃ知られた顔らしいですぜ」

要助は忌々《いまいま》しげな様子で、勲に報告する。

加賀鳶の中には上屋敷に火が出た時に備えて、屋敷地内の長屋に住まう者もいるそうだが、龍之助の長屋は屋敷地の外であった。屋敷地内だといきなり訪ねていくのは難しいが、屋敷地外の長屋はその限りではないとのこと。そこで一同は、又二郎が聞き取りをしてきた道順をたどり、龍之助の住まいを目指した。

「この辺りでは、加賀鳶の人気がすごかったんじゃないの？」

と、お蝶が又二郎と要助に訊くと、要助が「その通りだよ」と顔をしかめた。芝ではめ組の町火消したちが人気者だが、それと同じことである。め組の法被《はっぴ》を着た二人が加賀鳶のことを尋ねたのだから、いろいろと勘繰られたり、けしかけられたりしたのではないか。そんなお蝶の心配を余所に、二人は何を言われても相手にならず、龍之助の住まいを聞き出す役目に専念したそうだ。

又二郎はともかく、要助も意外に冷静なのだなと、お蝶は思い直した。

そんな会話を交わしながら、四人は湯島天神の北側へ回り、加賀鳶たちの暮らす長屋が建ち並ぶ一角へと至った。三棟建ち並ぶ長屋のどこに龍之助が暮らしているのかまでは、さすがに分からない。要助が裏庭で炊事をしている女を見つけ、話を聞きに向かった。

特に不審がられることもなく、あっさり教えてもらえたようだ。

「真ん中の棟の端っこが奴の部屋だそうです。おっ母さんと妹が一緒なんだとか」

要助は戻ってきてから、先頭に立って歩き出した。龍之助に同居人がいるのなら、本人が不在でも、そら豆のことを訊けるだろう。やがて、件《くだん》の部屋の前まで来ると、

「ここは、あたしが……」

お蝶は町火消したちを止め、前に進み出た。相手が女なら、自分の方が警戒されない。

「御免ください。突然すみませんが、あたしは芝から来た蝶と申します。こちらの龍之助さんがお越しになる、いすず屋という茶屋で働いている者なんですが」

声をかけると、すぐに中で人の動く気配がした。待つほどもなく、十五、六歳くらいの若い娘が戸を開けてくれる。

「龍之助はあたしの兄ですが……」

と、若い娘は困惑した様子でお蝶を見つめてきた。背も高く逞しい体つきの龍之助とは異なり、小柄でほっそりした娘であった。ぱっちりした目を大きく見開き、首をかしげている。その愛くるしい様子に、お蝶は一瞬目を奪われた。気を

取り直して、ここへ来た理由を話そうとしたその時、

「にゃあー」

聞き覚えのある懐かしい声がして、お蝶は声のした方——部屋の中へと目を向けた。

「そら豆っ！」

白と茶、薄めの黒の三毛猫が元気よく飛び出してくる。「きゃあっ」と驚いた声を上げる若い娘の横をすり抜け、お蝶の足もとでぴたっと止まった。お蝶はそら豆を抱き上げると、正面から目を合わせた後、その体に頬ずりをする。

「無事でよかったわ、そら豆。どんなに心配したことか」

「にゃあ、にゃあ」

昂奮した様子でそら豆が鳴き続けている。その声はすっかり甘えん坊のそれであった。

「あの野郎、やっぱり、そら豆を盗みやがったんだな」

お蝶の背中から、勲の不穏な声が聞こえてくる。この時は、お蝶も勲の言葉に抗《あらが》わなかった。そら豆がここにいたということがすべてを物語っている。

「あ、あの……」

龍之助の妹がおどおどした様子で話しかけてきた。その驚きぶりと戸惑った様子からすると、事情は何も知らないのだろう。

「すみません。この猫はあたしが友人から預かっている猫なのですが、どうしてこちらにいるのでしょうか」

お蝶は優しく尋ねた。龍之助が何をしたにせよ、妹を咎めるつもりはない。

「ええと、この仔猫は兄が昨日、連れ帰ってきたんです。うちは母が病で寝込んでいるので、猫を飼うなんて無理なんですが、すぐに余所へ連れていくから少し面倒を見てやってくれ、と言われました。少しくらいならと承知したのですが、それ以上のくわしいことは話してくれず……」

龍之助の妹は真摯な口ぶりで一生懸命話してくれた。どうやら、龍之助は十分な説明をしていないようだ。もっとも、他人の猫を勝手に連れてきたことなど、正直に打ち明けるわけにもいかなかっただろうが……。

「あ、あの、お姉さんの猫を兄が勝手に連れてきちゃったってことですか」

妹は声を震わせていた。

その時、部屋の奥の方で人の動く気配があった。お蝶が目をやると、寝間着に小袖を引っかけた老女がそろそろと膝をついたまま、こちらへ向かってくる。

「あたしは蝶といいます」

お蝶はもう一度名乗り、妹の名を尋ねた。龍之助の妹は冬《ふゆ》と名乗り、奥に姿を見せたのは母だと告げた。土間から板の間への上がり口で頭を下げる龍之助の母に、お蝶は「ご挨拶恐れ入ります。大丈夫ですからお休みください」と勧めた。

そして、お冬に小声で告げる。

「お母さまを安心させてあげてください。あたしたちは外に出ています」

話はそこで――と目で合図すると、お冬は大きくうなずき、母親のもとへ戻っていった。お蝶はそら豆を抱いたまま、部屋の外へ出て、戸も閉める。

「おお、こいつがそら豆ですかい？」

要助がそら豆の頭をちょんと小突く。

「お前、助けてもらえてよかったなあ。ちゃんとお蝶さんに感謝するんだぞ」

火消したちの中でただ一人、そら豆と顔見知りである勲は諭すような物言いをした。そら豆は勲に目を向けたものの、過去に会ったことがあると気づいたものかどうか。何やらふてぶてしい声で、ううっと唸っただけであった。

「勲さん、嫌われてるんじゃないっすか」

要助が能天気なことを言い、「そんなわけがあるかっ」と勲がむきになり、又二郎がまああとなだめている。そうこうするうち、再び戸が開いて、お冬が遠慮深そうな様子で姿を見せた。

「あのっ、お蝶さんに皆さん、本当に申し訳ありません。兄がひどいことをしたのですね。この通りです、どうか愚かな兄を許してやってください」

お蝶たちが口を開くより先に、お冬は平謝りに謝った。こうなると、龍之助を懲《こ》らしめてやろうと鼻息を荒くしていた勲たちも、かけるべき言葉を失ったようであった。

「お冬さんは何も知らないのですよね」

お冬は頭を下げたまま、動かないでいる。

「でしたら、お冬さんが謝ることはありませんよ」

お蝶は優しく言って、頭を上げるように勧めた。

「龍之助さんからは事情を話してもらいたいと思いますが、それはまた、いすず屋へいらしてくださった折にでもお聞きします」

「でも……」

「あたしはそら豆さえ無事に戻ってくればいいのです。今までお冬さんが面倒を見てくださったそうですが、何か気になることはありませんでしたか」

「特には……。食べ物はお粥をあげたんですけれど」

「そうですか。お世話してくださってありがとう。お母さまをお大事になさってください」

お蝶はこのまま帰る旨をお冬に伝え、火消したちと一緒に帰路に就いた。結局、勲たちはお冬に対しては一言も発することがなかった。

「あの妹さん、龍之助の野郎とは似ても似つかないっすねえ」

帰り道、要助が誰にともなく呟き、皆が無言で同意したのであった。

六

そら豆は龍之助の家で大事にされていたらしく、特に弱ったり疲れたりしている様子も見えなかった。帰り道はずっと誰かに抱えられていたこともあってか、お蝶の長屋に到着した時も元気いっぱいである。

「そら豆っ、悪かったよ」

無事に対面を果たした寅吉は、今にも泣き出しそうに顔をゆがめながら、ぐっとこらえて謝った。およしはこらえきれずに、おいおい泣きながら、

「そら豆、ごめんねえ」

と、首に紐をつけたことを謝罪する。

そら豆が二人とのそうしたやり取りを通して怖い思いをしていたのなら、再び仲良くするのは難しいかもしれないと、お蝶はひそかに案じていたのだが、そら豆の様子はいつもと変わらない。寅吉とおよしを怖がったり疎《うと》んだりする気配はまったくなかったので、お蝶はほっとした。

「あのね、二人とも」

もう隠す必要もないので、お蝶は寅吉とおよしにはっきりと告げた。

「そら豆はもうすぐ飼い主さんのもとへお返しするの。明日の朝、そら豆が見つかったことを飼い主さんに知らせて、いつお返しするか決めるつもりよ」

「……うん」

寅吉はうつむきながらも返事をする。およしは洟をすすっただけで返事はしなかったが、そのことを受け容れ、耐えようとする努力が伝わってきた。

一柳の言っていたように、子供たちは自分が思うより強いのかもしれない。

そのことを少し寂しく思いながら、お蝶も受け容れる。

「そら豆がここにいる間は、これまで通り、仲良くしてあげてね」

お蝶の言葉に、寅吉とおよしは顔を上げ、「うん」としっかりうなずいた。

その晩、お蝶はお夏たちの部屋で夕餉を共にさせてもらい、そら豆は鰹節をたっぷりまぶした粥を食べて、ご満悦であった。それからお蝶とそら豆は自分たちの部屋へ戻り、少ししてから一緒に夜着へもぐり込んだ。

七月も二十日になれば、秋も深まりつつある。

夜は涼しさが日一日と増していき、夜着の下でそら豆を抱き締めると、その温もりが心地よい。仕合せとは、こういう何でもないひと時を言うのだろうと、しみじみ思う。ふだん通りの暮らしが何事もなく、いつも通りに過ぎていくこと——それが仕合せの正体なのだ。

だから、ふだんはそれに気づくことができない。気づくことができるのは、何かが起こった後だ。

（あたしは源太を、そして源次郎を失ってから——）

もちろん、源太と一緒に過ごした心躍る日々や、源次郎の成長に胸を弾ませた日々に、仕合せや喜びを感じていなかったわけではない。仕合せだと思った。掛け替えのない大事な日々だとも思っていた。

ただ、その計り知れない大きさ、深さ、輝きのあまりのまぶしさには、そのただ中にいるうちは気づくことができなかった。

「そら豆……あたしは今、仕合せよ」

お蝶はそら豆の体をぎゅっと抱き締めながらささやいた。

「でもね。今がどれほど仕合せなのかは、お前がいなくなってから、身に沁みて味わうことになるんだわ」

そう思うと、胸の奥がきゅっと縮む心地がする。そこには氷のように冷たくて、決して溶けることのない塊がある。寂しさと虚しさと悔いで固まった心のしこり。

その冷気がこれ以上心に広がりませんように——と思いながら、お蝶はそら豆の温もりに顔を埋めた。


翌朝、お蝶は熱川屋へ行き、そら豆が無事に見つかったことを伝え、心配をさせて申し訳なかったと美代に謝った。

「とにかく、そら豆が無事でよかったわ」

と、美代はほっとした表情を浮かべ、そら豆を返すことについてはまた改めて話そうと言った。お蝶も承知して、いすず屋へと向かう。

そら豆が戻って一件落着とはいっても、どうして龍之助の長屋にいたのかという謎は解けていない。それについては、龍之助がいすず屋に来て釈明してくれるのを待つしかなかった。

事情を聞いたお夏は、「あの時、さんざんしぼってやったってのに、懲りない男だね」とぷりぷりしていた。やはり、龍之助が意図してそら豆を連れ去ったと思うふうである。

だが、自分の家へ連れ帰ったりすれば、その後、お蝶の信用を失うだけであり、龍之助にどんな利があるというのだろう。そら豆のことがかわいくてたまらず、本気で盗むつもりだったなら理屈は通るが、だとすれば妹のお冬に「すぐに余所へ連れていく」と話していたことと矛盾する。

いくら考えても、お蝶には龍之助の意向が読めなかったが、その日の昼、龍之助がいすず屋に現れたことにより、それ以上悩む必要はなくなった。

「お蝶さん……」

顔を強張らせて立ち尽くす龍之助を、「どうぞこちらへ」とお蝶は端の方の席へ案内する。さすがに愛想よく笑いかけることはできなかった。

「事情をお聞かせくださいますか」

お蝶の問いかけに、龍之助はごくりと唾を呑み込み、うなずいた。それから茶の注文を受けると、水屋のおりくに伝え、しばらく龍之助の話を聞く許しをもらった。

龍之助のもとに茶を運ぶと、そのまま前の席に座り、お蝶は龍之助の話を聞いた。

「お猫さまのことは本当にすまなかったよ。お蝶さんに心配かけて、申し訳なかった」

龍之助は縁台から立ち上がると、深々と頭を下げる。

「とりあえずお座りください。ここでは人目につきますから」

お蝶はそう龍之助を促し、「そら豆をお宅に連れていった時の話をくわしく聞かせてください」と言った。

「ああ。一昨日の昼八つ半頃、俺はここの茶屋へお邪魔しようと、芝へ来てたんだ」

「龍之助さんがあたしの長屋にいらした次の日になりますね」

「ああ、宇田川町へ行くつもりはなかった。来るなと言われたからな。それは信じてくれ」

早口で言う龍之助に、お蝶はうなずいた。

「でも、その日、龍之助さんは茶屋にはいらしていませんよね。そして、同じ日の晩、そら豆をご自宅に連れ帰って、妹のお冬さんに世話を託したと聞いています。どうして、そういうことになったんですか」

「それは……」

龍之助は神妙な表情で語り出した。

その日、龍之助は宇田川町へ入りはしなかったが、近くまでは行ったそうだ。お夏たちに心配をかけたし、謝りに行くべきだろうかという考えも浮かんだという。だが、お蝶に来るなと言われたことを思い出し、踏みとどまった。

ところが、改めていすず屋へ向かおうとした時、にゃあという猫の鳴き声を聞いた。見れば、そら豆ではないか。

どことなく心細そうな声で鳴いている。龍之助が屈んで、手招きすると、警戒する様子もなく近寄ってきたという。

その前日は、お夏たちに阻まれて、頭を撫でさせてもらえなかったが、この日のそら豆には誰もついていなかった。

龍之助が頭を撫でると、特に逃げることもなく、目を細めている。やがて、龍之助は大胆になり、そら豆を両手で抱き上げてみた。抵抗されるだろうかと少し身構えていたのだが、そら豆はされるがままになっている。その様子に情が湧き、龍之助はそら豆がかわいくてたまらなくなった。

とはいえ、自分のものではない。ましてや、お蝶の隣人たちから、猫泥棒と疑われたばかりである。

龍之助はしばらくそこでそら豆と戯れていたが、やがて意を決し、そら豆を地面に下ろした。

――もうお前のお家に帰れ。

そう諭したそうだが、どういうわけか、そら豆は宇田川町の方へ帰ろうとしない。何度か、そちらへ追い立てようとしたのだが、そら豆は龍之助の足もとにすり寄り、体をこすりつけてくる。龍之助はそら豆を連れていってしまいたい衝動に駆られはしたものの、この時はぐっとこらえた。

といって、お蝶の長屋へ帰ろうとしないそら豆を放って、自分がその場を去ってよいものかと、龍之助は葛藤《かっとう》する。そうこうするうち、それならいすず屋にいるお蝶にそら豆を届ければいいのだ、と思いついた。

ところが、その時、南の方から半鐘の音が聞こえた。

「お蝶さんも聞かなかったか。あの頃はもう七つ過ぎになっていたと思うけど」

龍之助の必死の言葉に、「そういえば」とお蝶は思い出す。

「ですが、すぐに鳴りやみましたよね。何でも、過ちだったと聞きましたけど」

「ああ、そうだったみたいだ。けど、俺はじっとしてられず、音の鳴る方へ駆け出したんだよ」

龍之助も途中で何事もなかったと気づき、元来た道を芝の方へ戻った。そら豆とははぐれてしまっていたが、ちゃんと宇田川町へ戻ったか、気になってもいた。

「それで、浜松町《はままつちょう》の辺りまで引き返した時、うろうろしていたお猫さまとまた鉢合わせしたんだよ」

そら豆はまっしぐらに龍之助に駆け寄ってきた。龍之助も「独りぼっちにして悪かったよ」とそら豆を抱き上げた。

「この時だよ。その、魔がさすって言うだろ、そういう気持ちになっちまったのは――」

お蝶のもとに連れ帰るべきだとは分かっていたが、一晩くらい、一緒に過ごしてもいいだろうと思ってしまった。そもそも、いすず屋は閉まっているだろうし、宇田川町の長屋へ行くことは禁じられている。それに、理由は分からないが、そら豆自身が宇田川町へ行くことを嫌がっている。

さらに、この日、龍之助は病気の母の薬を受け取りに行かねばならず、あまり遅くなるわけにもいかなかった。

言い訳は次から次に浮かんできた。

そのうち、そら豆を連れ帰ることは悪いことではない、それどころか、そら豆のためになると思えてきてしまった。

「それで、そら豆を連れ帰ってしまったんですか」

「けれど、お蝶さんに返すつもりではあったんだ。昨日、仕事が終わったら、届けるつもりだった。その、信じてほしいってのは虫のいい話かもしれないけど」

龍之助はお蝶から目をそらし、身を縮めて言う。

「そうですね。もしあたしたちが龍之助さんのお宅を探し当てなければ、いつそら豆を返してくれたか、分かりませんものね」

「そ、そんなこと、言わないでくれよ、お蝶さん」

龍之助はつらそうな表情で訴えてきた。

「龍之助さん」

お蝶は表情を改め、真面目に呼びかけた。

「龍之助さんがそら豆をかわいいと思ってくださったことは分かりました。今のお話も嘘はおっしゃっていないと思いたいです」

「嘘はない。お蝶さん相手に嘘なんて吐かねえよ」

必死の表情と真面目な眼差し――不器用なだけで、嘘を吐くような人ではないとお蝶も思いたかった。だが、そら豆の一件に関しての嘘はなくとも、もっと大きな嘘を――加賀藩の重臣たちの陰に隠れての大嘘を吐いていないだろうか。

そのことを確かめることはできず、見抜く術もない。

「分かりました。今回のことは水に流します」

お蝶は静かな声で言った。「お蝶さん」と龍之助の表情が喜色に包まれる。

「お母さまとお冬さんにあまり心配をかけないでくださいね」

お蝶の言葉に、龍之助は「あ、ああ」ときまり悪そうにうなずいた。それから、

「あの、さ。一ついいかな」

躊躇いがちに切り出してくる。

「俺が言えた義理じゃないのは、重々承知の上での話なんだけど」

と、前置きしたものの、肝心の話になかなか入ろうとしない。

「何でしょうか」

「その、俺は今回、本当に身勝手なことをしたと思ってる。他人さまのことを考えず、自分の気持ちだけで動いちまって。馬鹿だし、みっともねえんだけどさ」

龍之助が何を言わんとしているのか、お蝶にはまだよく分からない。首をかしげていると、

「俺が言いたいのは、お蝶さんも少しは俺みたいに馬鹿なことをしてもいいんじゃないかってことだよ」

と、龍之助は思い切った様子で一気に言った。

「たまにはさ。自分勝手でもいいんじゃないか。その、俺みたいに人のものを持っていっちまうのは駄目だが、欲しいものをくれって頼むことくらいはさ」

欲しいものをくれと頼む——そう言われて、お蝶の脳裡に浮かんだのはそら豆の姿であった。

美代にそら豆を譲ってほしいと頼むなど、これまで思い浮かべたこともない考えであった。だが、頼むことが悪いわけではない。そして、自分はこれからもそら豆と一緒にいたいと望んでいる。

それならば――。

「そうですね。おっしゃる通りなんでしょう」

美代に頼んでみよう。身勝手だと思われるかもしれないが、それを恐れて大切なものを失えば、自分はきっと後で悔やむことになる。

お蝶はこの時、覚悟を決めた。

そして、美代からの知らせが来るのを待たず、この日の夕方、再び熱川屋を訪ねた。

「何度もごめんなさい、美代ちゃん。今度はお願いがあって来たの」

上がり框《かまち》に現れた美代の姿を見るなり、お蝶はひと息に告げた。

「わがままは承知の上で言います。あたしにそら豆を譲ってくれませんか」

その場で深々と頭を下げる。ほんのわずかな沈黙の後、

「顔を上げてよ、お蝶ちゃん」

柔らかな美代の声が聞こえてきた。

「そうしたいと思ってるんじゃないかと感じてたわ。でも、あたしから言い出すことじゃないし、お蝶ちゃんから言ってくれるのを待っていたの」

「それじゃあ」

「ふふ、お蝶ちゃんがあたしに頼みごとをしてくれるなんて、子供の頃から含めても初めてなんじゃないかしらね。いつもあたしが頼むばっかりだったから」

美代は少し複雑な表情で言う。

「……そうかしら」

と呟きつつも、確かにそうだと思う気持ちはお蝶の胸にもあった。それが対等の友人同士と言うにはいびつな間柄だということも分かっている。だから、二人の仲はいったん途切れてしまっていたのだ。

だが、こうして再び出会い、そら豆を通して新たな縁が結ばれた。もう前のようではいけないのだと、改めてお蝶は思った。大人になった美代も同じことを思うのだろう。

もちろん、つい人に頼りがちな美代に、頼ることの苦手なお蝶——子供の頃からの気質はそれほどたやすく変えられるものではない。それでも、変わっていかなければならないと、今のお蝶は思うことができた。

「これまで、そら豆の面倒を見てくれて、ありがとうね、お蝶ちゃん」

美代はお蝶の手を取って告げた。

「お蝶ちゃんの頼みを聞いて、そら豆を譲るわ。かわいがってあげてちょうだいね」

「ありがとう、美代ちゃん。そら豆のことは必ず大切にします」

美代の手を握り返しながら、お蝶は誓った。

「これからも、仲良しでいてくれるかしら」

美代が明るく微笑みながら、少しだけ心配そうに問いかける。

「当たり前よ。お店も大変だと思うけれど、落ち着いたら、いすず屋へも来てちょうだいね」

病身の夫を支え、熱川屋を切り盛りしている美代を気遣いつつ、お蝶は言った。

「ええ。落ち着いたら必ず」

再訪を約束する美代と別れ、お蝶は家路を急いだ。少しでも早くこの朗報を寅吉とおよしに伝えてあげたい。そして、何よりそら豆のあの体を抱き締めたい。

はやる気持ちのまま、時折、駆け足になってしまう。そのせいで少し火照《ほて》ったお蝶の頬に、吹きつける涼風は心地よかった。

第四話　板橋花火見物

一

三毛猫のそら豆が今後もお蝶のもとにい続けることになり、長屋の隣に暮らす寅吉とおよしは大喜び。頼むまでもなく、お蝶が留守の間は、自分たちがそら豆の面倒を見るのだと張り切っている。

そら豆を譲ってもらえたことは、おりくとおこんにもすぐに伝えたが、二人ともよかったよかったと喜んでくれた。

「まあ、そら豆が加賀鳶の馬鹿に盗まれたのは災難だったけど、そら豆を譲ってもらえたのはよかった。災い転じて福となすってやつだね」

おりくからはそんな言葉で労《ねぎら》われ、

「それにしても、そら豆ちゃんは人気者ですねえ」

と、おこんは妙なところに感心している。

寅吉やおよしのかわいがりようは伝えていたが、龍之助までが心を奪われ、連れ去ったという話に仰天したらしい。

「龍之助さんみたいに体の大きな男の人が、小さな仔猫をかわいがる姿って、ふふっ、何だか思い浮かべるだけでおかしいですね」

「まったくだよ。どこをどう、間違えたんだか」

おこんとおりくは声を上げて笑い、お蝶も誘われるように笑っていた。

この一件は、そら豆の騒動の間、ゆっくり話のできなかった一柳にも伝えたのだが、

「仔猫が行方知れずになった話はおこんさんから聞いていたけど、そんなことになっていたなんてねえ」

と、驚いたり、あきれたり。

「何はともあれ、最後はお蝶さんの望みが叶ってよかったよ」

と、一柳はいつものにこにこ顔を見せている。と思ったら、

「実はね、事が解決するまでは、お蝶さんにゃ聞かせられないと思っていた怖い

話があるんだよ。聞きたいかい？」

と、一柳は不意に笑みを消して尋ねてきた。

「怖い話ですか？」

子供たちに聞かせることはできそうにないなと考えていると、横から、

「えっ、怖い話？」

と、おこんが話に加わってきた。興味津々という様子である。

「解決するまで話せなかったということは、猫が不仕合せになるお話ですか」

ふと思いついてお蝶が尋ねると、

「いや、猫じゃないよ」

と、一柳は首を横に振った。

つまり、猫ではないものが不仕合せになる話のようだ。

今ならば、ただのお話と割り切って聞くことができそうだと思っていると、一柳が表情を改め、語り出す様子を見せた。おこんがお蝶の傍らに腰を下ろす。

「これはね、迷子のお話なんだ」

と、一柳は初めに言った。行方不明になったそら豆と重ねてしまうことを心配し、解決するまで話さないでいてくれた、ということのようだ。

「とある山の麓に、母親と幼い娘が住んでいた。娘はおさとといって、とてもかわいらしい少女だった。ある日、二人は山菜を採りに山へ入るんだが、おさとは途中で母親とはぐれてしまう。迷子になってさすらううち、やがて大きな沼に行き着いた」

一柳のお話はどことなく厳《おごそ》かな調子で始まった。いつも穏やかに微笑んでいる一柳が、今はたいそう真面目な顔つきをしている。

「おさとが泣いていると、どこからか優しげな若者が現れ、どうしたのかと尋ねた。おさとが迷子になったと答えると、若者は『かわいそうに。私がお母さんのもとへ連れていってあげよう』と言ってくれたんだ」

おさとは優しげな若者に懐き、二人は手をつないで仲良く山道を歩いていく。やがて、若者は約束した通り、おさとを母親のもとまで連れていってくれた。おさとは喜び、母親のもとへ駆けていこうとするのだが、その時、若者がおさとを呼び止めた。「どうか、もう少しだけ私のそばにいてくれないか」と若者はおさとに懇願する。おさとは戸惑った。

「するとね、その若者はおさとをうっとりと見つめて言ったんだよ。『お前はなんてかわいいのだろう』ってね。そして、次の瞬間――」

お蝶は思わず息を呑んだ。傍らでおこんが緊張している気配が伝わってくる。

「おさとの悲鳴が響いた。母親が気づいて振り返ると、おさとの姿はなく、大蛇が山奥へと逃げ去っていく姿が見えたんだ」

「それって、大蛇が若者に化けていたってことですか」

もう我慢しきれないという様子で、おこんが尋ねる。

一柳がおもむろにうなずいた。

「そうだね。おさとが迷子になってたどり着いた沼は、大蛇の住む沼だったんだよ。おさとがあまりにかわいかったので、別れるのがつらかったんだろう。別れるくらいなら――と思い詰めた挙句、おさとを呑み込んでしまったんだね」

愛おしいという気持ちが高じての暴挙――断じて許されない、あまりに悲しい話だとお蝶は思った。

だが、話はそれで終わりではなかった。

「娘を奪われた母親は、寺の和尚《おしよう》さんのもとへ行って、大蛇を退治してほしいと訴えた。和尚さんは加持祈禱《かじきとう》を行って、大蛇を弱らせ、次第に追い詰めていく。大蛇は苦しみながら沼を這い出して、川へと逃げていくんだがね。途中でこれまで住んでいた沼を恋しく思い、ふと振り返るんだ。すると、大蛇の体はそこで固まり、岩になってしまったんだと。この話はこれでおしまい」

一柳が口を閉ざすと、お蝶とおこんは同時に息を吐き出した。

「おっしゃる通り、怖くて……悲しいお話ですね」

お蝶の呟きに、おこんもうなずいた。

「本当に、大蛇の若者がおさとに『お前はなんてかわいいのだろう』って言う件《くだり》は怖くて怖くて。でも、おさとが呑み込まれちゃった後はただひたすら悲しかったです」

「この大蛇もおさとに出会わなければ、罪を働くことはなかったんだろうからね。不運なめぐり合わせということだったんだろうよ」

一柳がしみじみ言い、思い出したように湯呑み茶碗を手に取って、茶を啜った。

「龍之助さんからそら豆ちゃんを取り返せて、本当によかったですね、お蝶さん」

おこんがそれまでになく深刻な表情を向けてくる。そら豆のかわいらしさに心を奪われた龍之助を、大蛇に重ねているのかもしれない。

「龍之助さんはそら豆を呑み込んだりしないわよ」

「いや、龍之助さんだってそら豆くらい呑み込むんじゃないかね」

澄まして言う一柳の言葉が、食べ物のそら豆を指しているのだと気づくと、三人は顔を見合わせて笑った。

怖くて悲しい話で沈んでいたその場が一気に明るくなる。

「軽口はさておき、そら豆は女の子だろ？　おさとのような目に遭わないよう、これからはお蝶さんが飼い主として気をつけてあげることだよ」

不意に、一柳が思い出した様子で付け加えた。

「えっ？」

お蝶は笑うのをやめて、一柳の顔をまじまじと見つめる。

「そら豆は雄《お》の猫ですよ」

お蝶の言葉に、今度は一柳が「えっ」と声を発した。

「そもそも、あたし、そら豆が雄か雌《め》か、この店の誰かに話したことはなかったと思いますが」

「そうですね。あたしも今、初めて知りました」

おこんがうなずいている。

「けれど、そら豆は三毛猫だって言っていたよね」

一柳がお蝶に確かめてきた。

「はい。黒と茶と白の三毛猫です」

「いやいや」

一柳は首と手を同時に横に振った。先ほど、そら豆の一件の顚末《てんまつ》を聞いた時より、何倍も驚いているように見える。

「三毛猫はふつう雌の猫って決まってるんだよ」

「え、そうなんですか」

初めて聞く話にお蝶は驚いた。おこんは首をかしげながら、

「でも、一柳さん。三毛猫なんてたくさんいますよ。あれがぜんぶ雌の猫だなんておかしくありませんか」

と、疑わしげな口ぶりである。

「ああ、ごめんなさいよ。あんまり驚いたんで、少し言葉が違っていたね。雄の三毛猫はいないわけじゃない。けれど、すごくめずらしいんだよ。それに仕合せを運ぶとも言われている」

「えっ、本当ですか」

途端に大きな声を上げたのは、おこんであった。はしゃいでいるとも言えるよ

うな調子で、

「それじゃあ、双頭蓮と同じじゃないですか」

と、喜びをあらわにする。が、お蝶は驚きが大きくて、喜びをうまく表すことができなかった。

お蝶はこれまできちんと猫を飼ったこともなく、雄の三毛猫がめずらしいことを知らなかったが、美代は知っていたのではないだろうか。そら豆には兄弟姉妹がいたそうだが、彼らがもらわれていく中、そら豆だけが残っていたのはたまたまなどではなく、そもそも美代がそら豆を人に譲る気がなかったからではないか。

「雄の三毛猫は船に乗せると、航海の安全を守ってくれると言い伝えられてもいるんだよ」

そんな話を聞くと、何だかじっとしていられない気分になる。

「あたし、何も知らずにそら豆を譲ってほしいと言ってしまったんですけれど、本当によかったのかしら」

「元の飼い主さんがいいって言ったのなら、いいに決まってますよ」

と、おこんは明るく、あっけらかんと言った。

「私もおこんさんの言う通り、元の飼い主さんは分かった上で譲ったんじゃないかと思うけれどね。まあ、気になるのなら、本人に確かめてみたらいい」

一柳は再びにこにこしながら言った。

「しかし、雄の三毛猫というなら、それはそれで用心が要るだろうね」

確かにその通りだと、お蝶も思う。お夏との間で、その手の話が出たことはなかったから、お夏もおそらく知らないのだろう。これからもずっと、寅吉とおよしにはそら豆の面倒を見てもらうのだし、お夏にはきちんと話しておいた方がいい。

結局、この日、お蝶は再び熱川屋を訪ねて、美代に一柳から聞いた話をした。

「このまま、そら豆を譲ってもらって、本当にいいのかしら」

恐るおそる尋ねたところ、美代からは「そんなこと」と一笑に付された。美代は雄の三毛猫の希少さは知っていたが、だからといって、どう思うというわけでもなかったそうだ。亡くなった母猫の代わりに大事に育てるつもりでいたが、お蝶が自分以上に大切にしてくれることが分かったから譲ってもよいと思った、その気持ちに変わりはないと言う。

「逆に、めずらしいから欲しいとお金を積まれたって、そういう人に譲るつもりはなかったのよ」

と、美代はにっこりした。

「お蝶ちゃんはめずらしい猫だから、そら豆を譲ってほしいと言ったんじゃないでしょ？」

「もちろんよ」

「だから、私はそら豆を預けてもいいと思ったのよ」

まっすぐな眼差しで告げられた美代の言葉に、お蝶は胸が温かくなった。

「それより、そら豆を連れていっちゃったっていう人のことだけれど」

美代はふと思案げな表情を浮かべた。

「その人も違うのよね」

「えっ」

「かわいさ余って連れていったと聞いたけれど、その人、ちゃんとお蝶ちゃんに返すつもりだったのよね。まさか、そら豆を売りさばくつもりだったなんてことは——」

今のお蝶の話からその恐れがあることに、美代は思い至ったという。そう言われると、お蝶も少し動じてしまった。

「そ、それはないと思うわ。立派な仕事をしている方だし、裕福ではないかもしれないけれど、お金に困っているわけでもないでしょうし」

美代には龍之助の名前も職業も話してはいない。伝えたのは、いすず屋の客ということだけで、美代もあえて訊こうとしなかったのだ。

「それならいいのだけれど……。とにかく、そら豆をよろしくね」

と、美代は気を取り直して微笑み、お蝶もしっかりとうなずいた。

美代とはそれで別れ、お蝶はそこからまっすぐそら豆の待つ長屋へと向かう。

今回のことで、龍之助のことが少しは分かったように思っていたが、勘違いだったかもしれない。むしろ、いっそう分からなくなってしまった。

お蝶の長屋を探し当てて来たことに驚きあきれ、そら豆を連れていったことに不審の念を抱き、疑心を募《つの》らせた。一方で、誠実な謝罪を受け、最後にはそら豆を譲ってくれと美代に言い出す勇気をくれたことに感謝してもいた。

だが、そら豆を連れ出したことに別の側面が表れ、謎はますます深まってしまった感じである。

(金子《きんす》を得るためだなんて、かわいさの余り、という言い訳以上にあり得ないと思うけれど……)

今度、龍之助がいすず屋に来た時に、それとなく訊いてみようとお蝶は心に留めた。

二

それから数日が過ぎたが、龍之助がいすず屋に来ることはなかった。その代わり、というわけでもないのだが、七月下旬のある日、浅尾が女中一人を伴って現れた。

前に大槻伝蔵と共に来た際は、一両で店を借り上げた上客中の上客である。

「これはまあ、浅尾さま」

おりくは知らせを聞くなり、水屋から飛び出してきた。

「ようこそお越しくださいました。お疲れでございましょう。近頃は暑さも和らいで、清々《すがすが》しい時節となってまいりましたが……。浅尾さまのお出で立ちこそ、何とも清々しく」

浅尾は裾に薄《すすき》の穂が描かれた濃鼠色《こいねずいろ》の小袖に黒の羽織姿で、上等の着物であることは一目で分かるものの、色合いや絵柄はかなり地味であった。女客を褒める時の常套句「何とおきれいで美しい」と言うのは気が引けたのだろう、おりくは「清々しい」という言葉でまとめている。

「ほら、お蝶。お前が浅尾さまをおもてなししな。……いえ、しなさいな」

おりくは後ろに控えるお蝶を振り返り、取り繕った声で告げた。

「ようこそ、お越しくださいました、浅尾さま」

お蝶は常の客を迎えるよりも丁寧に頭を下げ、浅尾の後ろに控える女中にも会釈した。

「それで、今日はどういたしましょう。浅尾さまが望まれるなら、また貸し切りにいたしますが……」

おりくが半ば期待混じりの声で問う。浅尾は少し沈黙し、考えていた様子であったが、

「いや、今日はよい。少しお蝶と話をしたいが、長くはならぬゆえ」

と、淡々と告げた。

「……さようでございますか」

わずかばかり肩を落としたものの、おりくはすぐに気を取り直し、

「それでは、奥の方のお席へどうぞ。ゆっくりとお寛《くつろ》ぎください」

如才なく挨拶を終え、水屋へと下がっていった。

お蝶は浅尾とお付きの女中を、その水屋にほど近い奥の席へ案内した。町人や旅人といった姿が多い茶屋で、武家の女客は目を引くものだが、浅尾は人の目などまったく気にしていない。

注文を受けた甘酒を二人分、席へ運んだお蝶は浅尾の許しを得て、その前の席に座った。おりくの指図により、近くにはなるべく客を座らせないよう、おこんが手配してくれている。とはいえ、浅尾の側から何の要望もないので、特に内密の話をしに来たわけでもないのだろう。

ならば、お貞に預けている源次郎の話ではない。源次郎の毎日に変わりはないのだろうと思い、そのことに安堵しつつ、話を聞けないことが少し寂しくもある。

そんな複雑な気持ちで、お蝶は浅尾の話を待った。

「先日のことでは世話になった。そうお貞さまが仰せである」

おもむろに浅尾は切り出した。

それは、加賀藩の花火師だった藤三郎の一件のことであろう。

「いえ、手を差し伸べてくださり、感謝しております。こちらだけでは何ともできぬことでしたので」

お蝶は慎ましく応じた。

「まあ、お貞さまのお心を騒がせたのはどうかと思うが、そもそも、この件はこちらの藩が抱えていた火種ゆえ、そなたに落ち度はない」

「……恐れ入ります」

「されど、お貞さまの産み月は来月に迫っておる。無事に御身二つとなられるまでは、心穏やかに過ごしていただきたいと願うておる」

「では、いよいよご出産でございますか」

お蝶はお貞が三人目の子を産むことに胸を弾ませた。

「ご安産を願って、朝晩、芝神明宮にお祈りいたします」

「ふむ。私が芝へ参ったのも、一つはお貞さまのご安産祈願ゆえ。そして、もう一つはお貞さまからのお尋ねをそなたに伝え、返事を持ち帰るためじゃ」

お蝶は姿勢を正して、お貞からのお尋ねの言葉を待つ。

「実は、去る四月、殿の跡継ぎであられる若君が又左衛門利勝《またざえもんとしかつ》さまと名乗られることとなった。大掛かりな祝いの儀はすでに済んでおるが、ご世子《せいし》さまのたってのお望みにより、来月末に板橋の下屋敷にて、内々の祝いを兼ねた花火見物が行われる。ついてはお蝶よ、そなた、総姫《そうひめ》の女中として付き従うことはできようか」

総姫はお貞の第一子で、源次郎より一つ年下。源次郎はこの総姫付きの守役という名目で、屋敷に置いてもらっている。

少しばかり物々しい口ぶりで一気に告げた浅尾は、いったん間を置いてから、再び口を開いた。

「以上が、お貞さまよりのお尋ねである。もしこの申し出を受けるというのであれば、その二日前から上屋敷の奥へ上がり、当日、上屋敷から下屋敷へ参る一行に加わってもらわねばならぬ。要するに三日、身柄を預けてもらうことになるゆえ、都合が悪ければ断ってくれてもかまわぬ」

と、浅尾は自分の言葉として伝えた。

だが、これはお貞からの頼みごとという形を取りつつ、実は少しでも長く源次郎と一緒にいさせてやろうという、お貞の優しい計らいだろう。

昨年に引き続き、今年も花見の席に招いてもらい、源次郎の顔を見ることは叶った。今年は二人きりで言葉を交わす機会も与えてもらえた。

これまでにない厚遇を受けたというのに、またさらに花火見物に誘ってもらえ

ると は——。

「言うておくが、これは花見の時とは違う。あの時のそなたは客人であったが、この度は総姫さまのお付きじゃ。その御身を守り、お世話することがそなたの役目。決して花火見物をさせてやろうとのお計らいではないゆえ、くれぐれも誤解なきように」

浅尾の冷静な声で言われ、お蝶の心も少しばかり落ち着きを取り戻す。

花火見物の二日前に御殿へ上がれば、そこで源次郎と会えるのは間違いないだろうが、源次郎はそもそも下屋敷まで総姫の供をするのだろうか。そのことは話に出てこなかったし、お付きの女中がすぐ近くにいるこの席で訊くこともできない。それに、お貞自身はその席に参加しないのだろうが、藩主前田吉徳はどうするのだろう。

そうした藩の内情に関わることをお蝶から尋ねるのは憚《はばか》られたが、そうした背景はともかく、この話を引き受けたいという気持ちに変わりはない。

「私がお役に立てるのであればお引き受けしたいのですが、茶屋の主にその旨を尋ねてまいってもよろしいでしょうか」

お蝶は浅尾の許しを得ると、いったん席を立って水屋に向かった。おりくは水屋で茶を淹《い》れており、傍らでは注文の品が調うのを待つおこんも控えていた。

おこんは、お蝶とお貞とのつながりは知っているし、花火師の一件に関わり、加賀藩がきな臭いことも知っている。だが、お蝶が息子の源次郎をお貞に預けていることは知らないし、その父親である源太のことも知らなかった。

とはいえ、おこんに話を聞かせないのも変に思われるだけなので、お蝶はかいつまんで浅尾からの話を二人に伝えた。

「おやまあ」

おりくは目を丸くして、明るい声を出した。が、続く言葉を呑み込んだ様子である。おそらくは、前にお蝶が花見に誘われた時と同じく「よかったじゃないの」と言いかけたのだろう。息子に会えるなんてよかったじゃないの、と——。

おりくはこほんと咳払いすると、しかつめらしい表情を繕って言葉を継いだ。

「浅尾さまはうちには大事なお客さまだ。そのご主人であるお貞さまたっての願いとあらば、お断りするなんて、もってのほかだろうね」

たっての願いとは言われていないが、お蝶もそこは聞き流す。

「えっ、それじゃあ、お蝶さん、そのお話、お受けするんですか」

その時、おこんが意外そうな声を上げた。

「何だい、おこん。うちの店は三日くらい、お前一人でも何とかできるだろ」

「そっちの心配じゃありません」

おこんは首を横に振った。

「お蝶は前に御殿に上がっていたことがあるから、作法にだって通じて……」

「そうじゃなくて」

少し大きな声を出したことで、おこんははっと口もとを押さえた後、

「加賀藩って、例の藤三郎さんを殺《あや》めようとした人がいるところなんですよね」

と、おりくとお蝶に顔を近付け、たいそう小声で言う。おこんが自分の身を案じてくれることに、お蝶は感謝した。そのおこんに対して秘密を抱えていることが申し訳ないが、今はどうしようもない。

お蝶はおこんに顔を近付けたまま、

「そうはいっても、十年前のお話なのよ」

と、おこんと同じくらいの小声で、だが、大したことではないと聞こえるように平然と言った。

本心は違う。十年前の謀を企んだ者は、五年前の源太の失踪にも関わっているかもしれず、今も加賀藩の内部に巣食っているに違いないのだ。

とはいえ、それを恐れて加賀藩から身を遠ざけるつもりなど、お蝶にはない。

「けれど、花火見物なんですよね。その花火を作った人たちって、藤三郎さんの前の同僚の……」

おこんは気がかりそうに言い、それ以上は口をつぐんだ。

藤三郎の同僚だった加賀藩の花火師たちは、誰ぞの命令で大槻伝蔵を殺めるため、花火に細工しようとした張本人である。十年前の花火師たちが今もどれほど残っているのか不明だが、おこんの心配ももっともであった。

「そう言われると、確かに気になるねえ」

おりくも少し不安そうな表情を浮かべた。

「どうする、お蝶。今回はご遠慮しておくかい?」

雇い主の許しが出なかったと言えば、断ったとしても角は立たないだろう。おりくもそう考え、お蝶に問うてくれるのだと思う。

だが、たとえ危ないと分かっても、いや、それならばなおのこと、源次郎を守るために行かねばならなかった。仮に源次郎が下屋敷へ行かぬとしても、その時は源次郎の代わりに総姫を守らねばならない。断ることなど考えられなかった。

「いいえ、女将さんが許してくださるのなら、伺いたいです」

お蝶はきっぱり答えた。

おこんはまだ心配そうな表情をしていたが、おりくはお蝶の覚悟を前に、自らも心を決めたようであった。

「そうか。なら、とりあえずそう返事をおし。あまり浅尾さまをお待たせしちゃいけないからね」

おりくの返事を受け、お蝶は水屋から客席へ戻ると、浅尾に話を受ける旨の返事をした。

「ならば、お貞さまにお伝えしておこう。屋敷へ上がるくわしい日時はまた追って知らせるゆえ」

浅尾はそう言って立ち上がった。

「花火見物の席には、私も参る」

浅尾は最後に思い出したように付け加えた。

「それは、総姫さまもお心強くお思いでございましょう」

「そうそう。花見の際、そなたの案内役を務めた童《わらわ》も、共に行く手はずじゃ」

大したことではないが、ついでに話してやる、とでもいう口ぶりであった。

だが、それが浅尾なりの優しさからくるものであると、お蝶は知っている。

花見の際、お蝶を席まで案内してくれたのは、源次郎だったのだから——。

「……さようですか」

お蝶は込み上げる激しい感情をこらえるべく、顔を上げずにそう言うことしかできなかった。

(源次郎に会える。屋敷で共に過ごせるだけでなく、花火見物も一緒にさせてもらえる)

心を震わせるお蝶をもはや振り返ることはせず、浅尾はいすず屋を後にした。

芝神明宮へと向かうその背中に、お蝶は深い感謝の念を抱いたのであった。

三

お蝶がお貞の安産を祈願しつつ、浅尾からの知らせを待つうち、月は替わった。

八月になると、秋の気配も深まってきて、いすず屋でも熱い煎茶や麦湯を求める客が多くなる。

大川で花火が催されるのは五月二十八日から三ヶ月の間。ちょうど梅雨が明けた頃に始まり、秋が深まる直前に終わるというわけだ。

こうした制限は町方の花火であって、大名家が屋敷内で催す花火見物についてはその限りでもないのだろうが、大川の川じまいとされる八月二十八日までを目安にはしているだろう。

江戸で花火を見ることができるのも、ひと月を切ったのだとお蝶がしんみりと思っていた八月の五日、待ちかねていた浅尾からの知らせがあった。何と、加賀藩士の大槻伝蔵が浅尾の書状を持ってきてくれたのである。

「これは、大槻さま。ようこそ、お出でくださいました」

伝蔵がいすず屋を訪れるのは、花火師の一件が片付いて以来のことである。お蝶が奥の席へと案内すると、おりくも出てきて挨拶した。

「うむ、しばらく無沙汰をした」

鷹揚にうなずく伝蔵は、相変わらず涼しげで端整な目鼻立ちをしている。店内にいた女客たちがそわそわしているのだが、伝蔵自身は歯牙にもかけない。武士としては模範と言えるのだろうが、少し冷たい感じがしなくもなかった。

「浅尾殿より預かった書状である。返事は要らぬと聞いているが、何かあればお伝えしよう」

伝蔵はお蝶に書状を渡すと、煎茶を注文した。それを機に、お蝶はおりくと共に水屋へ下がり、そこで浅尾からの書状に目を通す。そこには、二十八日に決まった花火見物に合わせ、二十六日の昼を目安に奥御殿へ上がるようにと記されており、さらに、お貞の出産がもう間もなくであろうとあった。

お蝶は伝蔵の茶の支度が調うと、それを席へ運び、

「浅尾さまにはお言葉の通りにいたしますと、お伝えくださいませ」

と、伝蔵に頭を下げた。

「承知した」

と、伝蔵は堅苦しさの抜けない声で言った。

そのやり取りが終わってしまうと、伝蔵と交わすべき言葉も特にはない。伝蔵は藩主から改革を期待され、どうやらお貞とも共闘する間柄らしいとお蝶は受け止めている。これは伝蔵を敵視する重臣たちが側室筆頭の以与の方を味方につけたことによるもののようだ。お貞が以与から妬まれていることは、花見の席でも実感させられていた。

ただ、お貞の味方だからといって、お蝶が伝蔵を仲間のように考えるのは無礼だろうし、浅尾に向けるような親しみと尊敬を抱くこともできない。

「それでは、ごゆっくりお寛ぎください」

と、お蝶が伝蔵の席を離れようとすると、

「待て、しばし」

と、思いがけぬ声がかかった。

「はい。何かお話がございましたか」

お蝶は慌てて言い、伝蔵の指示によってその前の席に腰を下ろす。

「二十八日の件でな」

はっきり口にされなくとも、花火見物のことを言っているのは分かる。内々の行事ということだし、藩主一家の行動が事前に漏れると、よからぬことを企まれるかもしれないと用心しているのだろう。そのことはお蝶にも分かったので、

「はい」と神妙に応じた。

「実は、私が当日の世話役を仰せつかった」

「そうでございましたか」

世話役が何をする役目なのかは分からないが、相応の責任を負わされたのであろうとは想像がつく。それを伝蔵がわざわざお蝶に知らせるのはなぜなのか。

口数は多くないものの、決して口下手なわけではなく、あえて言葉をしぼって

いるような伝蔵を前に、お蝶は考えをめぐらした。

伝蔵と花火――この取り合わせで考えつくのは、十年前の一件だ。

重臣たちはかつて、藩主に気に入られていた伝蔵がこれ以上力を持つのを阻止すべく、その暗殺を企てた。花火師たちを抱き込み、細工を施させた上、事故に見せかけた死を狙っていたのだろう。その謀は伝蔵自身に漏れ、実行はされなかったのだが、表沙汰にもならなかったため、処罰者も出ていない。

つまりは、命令者である重臣も、抱き込まれた花火師たちも、いまだに加賀藩内にいると考えるべきであろう。十年の間にいなくなった者もいるだろうが、複数の者が同じものを目指して動く以上、群れの本質は変わるまい。

「まさか、十年前と同じことが……？」

お蝶も最低限の言葉だけを用いて、伝蔵に尋ねた。

伝蔵はお蝶の慎重な物言いに満足した様子で、ゆっくりとうなずく。

「では、中止も……？」

お蝶はうろたえながら訊いたが、伝蔵は今度は首を横に振った。

「証がなくてはな」

と、お蝶だけに聞こえる声で低く呟く。

もちろん、謀の証を伝蔵につかまれるような過ちを、重臣らも犯しはしないだろう。

「そのことを浅尾さまには？」

「無論、お伝えした」

やはり、お貞側と伝蔵は手を組んでいるということなのだろう。だが、ひとまず、花火見物の場が危ないと浅尾に伝わっていることに、お蝶は安堵した。お貞や浅尾が総姫を危ない目に遭わせるはずがない。花火見物が世子である又左衛門のための催しである以上、中止にはならずとも、総姫が見物を取りやめることはできるはずだ。

その場合は、お蝶が奥御殿へ上がる話自体がなくなるかもしれないが、総姫や源次郎を危ないところに行かせるよりはずっとよい。

「では、私はこれにて」

茶を悠然と飲み終わると、伝蔵は銭を置いて立ち上がった。

その時にはもう、今までの不穏な会話などなかったことのように、さわやかで凛々《りり》しい佇まいになっている。

「ありがとうございました。またのお越しをお待ちしております」

とっさにふだん通りのことしか言えなかったが、命を危険にさらされる場所で日々生きている相手に対し、それではあまりに冷たいのではないか。

「どうか、お気をつけて」

と、お蝶は急いで付け足した。

「うむ。そなたもな」

そつなく受けた伝蔵の整った顔に、ほんの一瞬だけ憂いの色がよぎるのを、お蝶は見た。はっとした時にはもう、伝蔵はお蝶に背を向けていた。

あとを追いかけ、表通りまで見送ったが、伝蔵がお蝶を振り返ることはなく、去り行くその足取りは堂々と自信に満ちたものであった。


伝蔵から教えられたことを正直に話せば、おりくやおこんを心配させるだけだと思い、お蝶は黙っていた。一方で、総姫が花火見物を取りやめたという知らせが届くのではないかと覚悟していたのだが、そういうこともなく、あれ以来、伝蔵が来ることもなかった。

お貞の出産についてもお蝶は気がかりに思っていたが、問い合わせることはできないし、遠い芝では噂に聞くこともない。

加賀鳶の龍之助なら、側室の出産について耳にする機会もあるのではないかと思われるが、そら豆の件で謝罪に来て以来、その姿を見ることはなかった。

そうこうするうち、お蝶が奥御殿へ上がる前日の二十五日になってしまった。

「それでは、明日から三日間、お休みをいただきます」

二十五日の店じまいの後、お蝶はおりくに挨拶した。明日は、おりくの母で、新銭座町《しんせんざちょう》で暮らすおゆうの家へ行き、そこで御殿へ上がる支度を手伝ってもらうことになっている。

「お支度については、おっ母さんがちゃんとやると言っているから安心しな。それよりも、あちらではお前も気をつけるんだよ」

おりくは案じ顔で告げた。先日の伝蔵の言葉を聞かずとも、やはり加賀藩で行われる花火ということで不安ではあるらしい。

「お店のことは心配しないでください。本当に、お蝶さん、気をつけて」

と、おこんも心配してくれる。

「大丈夫よ。大名家の花火の様子を土産話にするから、楽しみにしていて」

お蝶は明るくおこんに言って、その日、いすず屋を後にした。

宇田川町の長屋に帰ってからは、お夏に明日から三日間、そら豆を預かってほ

しいと改めて頼みおく。すでに喜んで承諾してもらっていたが、

「そら豆のことは任せてちょうだい」

と、お夏はどんと胸を叩いて言った。寅吉とおよしも大喜びで、夜はどっちがそら豆を抱いて寝るかで揉めているのだとか。

お蝶はこれを機に、加賀藩主の側室であるお貞と昔馴染みであること、そのお貞のもとに少しだけ仕えていたことを、お夏に打ち明けた。

もちろん、源次郎のことは話していないが、お蝶が加賀藩の奥御殿に招かれたのはもっともだと受け容れてもらえたようだ。ただ、「お蝶さん、そんなにすごい人だったのね」と目を丸くしたお夏は、お蝶がいくら「すごいのはあたしじゃないわ」と言っても受け容れず、すごいすごいとくり返していたのだが……。

その晩、お蝶は夜着の下で丸くなるそら豆を抱いて横になり、しばしの別れを惜しんだ。

「元気にしていてね」

そら豆の体に顔を近付けてささやく。柔らかな毛が頬に当たりくすぐったかった。すでに目を閉じていたそら豆が少し身をよじったが、起きた気配はない。

「いつか、源次郎にも会わせせるからね。仲良しになれると思うわ」

そら豆の温もりを感じつつ、お蝶も目を閉じた。

源次郎の面影を抱きながら、いつしか寝入っていたからだろうか。その晩の夢に源次郎が現れた。お蝶の知る武士の子の格好ではなく、町方の子供の格好をしている。夢の中で源次郎はそら豆と一緒に、お蝶の暮らす長屋の前を元気よく駆け回っていた。

「にゃあ」

はっと気づくと、寝床の中で、そら豆が少し気遣うような声で鳴いた。

四

二十六日の朝早く、お蝶はおゆうの家へ出向き、用意された小袖に着替え、髪も灯籠鬢《とうろうびん》に島田髷《しまだまげ》の形に結ってもらった。

この季節に着られる小袖として、おゆうは前の花見の時と同様、二着の着物と帯をそれぞれ用意してくれていた。いずれも、お蝶が御殿に勤めていた際、お貞が用意してくれたものである。

一着は、初秋の空のような淡い空色の地に、秋の七草でもある桔梗《ききよう》が描かれた小袖。これに光沢のある薄鼠色の帯を合わせる。派手ではないが明るい装いであった。

もう一着は、浅緑の地に萩を散らした小袖で、萩の花は薄紅、薄紫、白と色とりどりに描かれていた。これに光沢のある黄白色の帯を合わせると、かなり華やかになる。

「花火見物で着るものを中心に考えるんだよ。そこで着ない方を今日着ていくことになるからね」

確かに、三日間、同じものを着るわけにはいかないだろう。お蝶は浅緑の小袖を花火見物用とし、この日は空色の小袖を着ることにした。

「うんうん。あたしもそれがいいと思っていた」

と、おゆうも満足げである。

おゆうによれば、桔梗も萩もその絵柄は縁起物とされ、魔除けになるらしい。さらに、桔梗は気品や誠実さを、萩は繁盛を表すのだとか。

お蝶が萩を花火見物に、桔梗を今日の訪問に選んだのは深く考えてのことではなかったが、悪くない選び方だという。行事の席で萩を着るのは、花火を主催する加賀藩や世子の繁栄を願ってのことと見えるからだ。

一方の桔梗もふさわしくないわけではないが、気品や誠実さは結局着ている本人に帰するところとなる。だから、初めに人の目に触れる訪問着として着るのがいいと、おゆうは言った。

着付けが終わると、最後に源太から贈られた柘植の簪をさして、姿見で確かめる。

「茶屋の看板娘が、たちまち、別嬪《べっぴん》の奥女中さまに早変わりだね」

陽気な口調で言うおゆうに礼を述べ、お蝶は駕籠で本郷へと向かった。

加賀藩上屋敷内、奥御殿に近い女中用の通用門前で駕籠から降りた。お貞から渡されていた通行手形を見せると、何事もなく屋敷地内へと入れてもらえた。

（ここから先は何が起こるか分からない。気を引き締めなければ――）

源次郎に会える喜びだけに浮かれていると、足をすくわれかねない。今のところ、お蝶が警戒されていることはないと思うが、お貞付きの女中に組み入れられれば、それだけで以与の方の女中衆から目の敵にされるだろう。

お貞に迷惑をかけてはならないと胸に刻みながら、お蝶はまず浅尾に取り次いでもらった。

「よう参った」

通されたのは浅尾の部屋である。浅尾は脇息《きようそく》に寄りかかって座っていた。いつものように隙のない姿であったが、少し疲れているふうにも見える。

「この度は出仕の件、お取り計らいくださり、ありがたく存じます。お貞さまにおかれましては、いかがお過ごしでいらっしゃいますか」

お貞の出産がどうなったのか、まずは気にかかっていることを問うた。

「お貞さまは去る十六日に無事、姫君をご出産あそばされた」

浅尾は口もとを和らげて答える。それを聞き、お蝶もほっと安堵した。

「それはようございました。知らせがないのは無事の証と思っておりましたが」

「うむ。そなたが気を揉んでいるであろうとは思ったが、何分、ここ数日は余裕がなかったゆえ」

「お察しいたします。それで、お貞さまへのお目通りは叶いましょうか」

「叶わぬこともあるまいが、産後七日を経てようやく臥《ふ》すことがおできになったところ。お疲れゆえ、お加減のよろしい折を見てでよかろう」

「かしこまりました」

産後の女人は七日の間、横になるのを避け、座ったままで過ごさねばならない。横になって頭に血が上るのを避けるための措置で、意識を失くして寝てしまうのを防ぐため、人が付き切りになる。浅尾が疲れているのも、その役目を担ったためではないかと思われた。

聞けば、浅尾だけでなくお貞付きの女中は疲労が激しいようで、お蝶には花火見物に出向くまでの二日間、総姫の面倒を見てもらいたいとのこと。当日までに総姫をお蝶に慣れさせる狙いもあってのことだが、お蝶としては願ったり叶ったりだ。総姫に仕えている源次郎は、常にそのそばにいるのだから。

「喜んでお引き受けいたします」

お蝶は心から言った。

「それから、そなたにはお民さまに挨拶してもらわねばならぬ」

と、浅尾は告げた。

「お民さまに……？」

お民はお貞の妹で、父親は芝神明宮の神職であった。つまりはお蝶の父と同じで、お蝶は子供の頃から、お民のことも知っている。

お貞も華やかで美しい人だが、お民はそのかわいらしさが子供の頃から際立っていた。「芝いちばんの器量よし」だの「芝小町」だのと言われ、噂を聞いた人がお民に会うため、芝神明宮にお参りに来ることもあったくらいだ。そんな評判がどこかで加賀藩の奥女中の耳に入ったのだろう、やがて、お民は加賀藩の奥御殿へ女中奉公に上がり、藩主吉徳の目に留まって、側室となった。

お貞が加賀藩の奥御殿に上がったのはこの時で、藩主の側室となった妹を支えるためだったのだが、結果として、お貞もまた吉徳の目に留まり、その側室として取り立てられる。

お民は吉徳の次男、亀次郎《かめじろう》を産み、お貞は総姫、勢之佐《せいのすけ》、そしてこの度、三人目となる楊姫《ようひめ》を産んだ。お民はもう一人、男子を産んでいたが、当歳で亡くなっており、子供は亀次郎のみである。

お蝶にとって、お民は縁の深い人ではない。お貞より年齢は近いのだが、一緒に遊んだ記憶もなかった。小さい頃から人目を引く美少女だったお民は、特別な子として遇されており、お蝶などはその目路にも入っていなかったのだろう。自分は人とは違う人生を歩むと考えていた——というより、周りからそう言われ続け、本人もそれを信じているふうであった。そして実際、お民はそうなった。

一方、お民ほどちやほやされていなかったお貞は、気立ての優しさや面倒見のよさもあって、お蝶のことをかわいがってくれた。

だから、お蝶としては、同じ姉妹でも、お民よりお貞の方にずっと親しみを感じている。大人になってからはいっそうお貞との縁が深まり、お民との縁は薄れていった。かつてお蝶がお貞に仕えていた時、同じ奥御殿で暮らしていながら、お民を見かけたのは数えるほどしかない。そんな折でも、お民の眼差しがお蝶へ注がれたことは一度もなかった。

そのお民に、今さら挨拶をと言われて、お蝶は驚いた。聞けば、この度の花火見物、お民も亀次郎と共に出向くそうで、お貞は総姫をお民に預けることにしたというのであった。

総姫からすれば、お民は叔母に当たるわけで、確かに以与に預けるよりはずっと安心できるだろう。

さらに、お蝶が今は御殿を出て、芝で暮らしていることも、すでにお民の耳に入っているらしい。

「お貞さまのご出産があったゆえ、女中の手が足りず、昔仕えていたそなたに声をかけたと取り繕っておる。お民さまもそうお思いゆえ、そのつもりでな」

つまり、源次郎とお蝶の関わりについては何も知らないということだ。お蝶はお民への挨拶を承知した上で、

「ところで、大槻さまより、とある懸念をお聞きしましたが……」

と、声を潜めて、浅尾の顔色をうかがった。浅尾が黙っているので、お蝶はさらに言葉を継ぐ。

「総姫さまがお出かけを見合わせる、ということは……？」

「それはない」

迷いのない口ぶりで、浅尾は答えた。

「そなたが大槻殿より聞いたことは、お貞さまにはお伝えしておらぬ」

それはつまり、この度の花火見物で重臣たちが何やら企んでいることを、お貞は知らないということだ。

「ですが、それでは……」

「お伝えしてはおらぬが、お貞さまほどの方が何も感づいておらぬことはあるまい。その上で、総姫さまの列席をお許しになられた。というより、ここでお断りなどすれば、以与の方さまのご不興を買うであろう」

と、浅尾は溜息まじりに言った。

この度の花火見物は、以与の子である又左衛門が世子となったことを祝う行事であり、又左衛門自身の望みに従って用意された娯楽だ。それを断れば角が立つということなのだろう。

　お貞が行けぬ以上、子供たちの誰かが代わりに行くのは必須であった。三歳の勢之佐はさすがに招かれていないため、列席できるのは総姫しかいない。

「それゆえ、そなたには心して総姫さまをお守りしてもらわねばならぬ」

　厳しい表情の浅尾に「かしこまりました」とお蝶も心を引き締めた。

「されど、大槻殿が懸念しておる謀に総姫さまが巻き込まれることはない。それはそなたが案ずるには及ばぬこと」

　重臣たちが狙うのは、あくまで大槻伝蔵を中心とする軽輩の改革派。藩主の一家に手を出すなど考えたこともないだろうし、そもそも、世子の又左衛門は彼らの拠《よ》り所だ。総姫は又左衛門や以与、お民らに近い席で見物するので、万が一ということもないと、浅尾は言い切った。

　むしろ、総姫が以与やお民から嫌みなどを言われて嫌な思いをするのではないかと、浅尾は案じていた。

「お民さまも一筋縄ではいかぬお方ゆえ、そなたもそう心得るように」

　そんなことを言われた後、お蝶は浅尾に連れられ、お民のもとへと挨拶に向かった。

　お民は先ほど、お蝶が浅尾と対面したのとは比べ物にならぬ広い座敷の奥に座っている。菊を豪華に散らした派手な打掛《うちかけ》に身を包み、白いうりざね顔は露を含んだ麗しい白菊そのものと見えた。

「この度はお目通りをお許しくださり、まことにありがたく存じます。これなるが、先日お伝えいたしました、お貞さま付きの芝浦にございます」

浅尾が深々と頭を下げて挨拶し、お蝶もそれに倣《なら》った。

「芝浦にございます。よろしくお願い申し上げます」

と、挨拶したのだが、「まあ」とお民は意外そうな声を上げた。

「そなた、お蝶でしょう？　そう他人行儀にしなくてもよいではありませんか」

お民の口からは、お蝶が聞いたこともないような親しげな言葉が飛び出してくる。

「で、ですが、芝にいらした頃とはご身分が違いますゆえ」

驚きを隠して、顔を上げぬまま答えたお蝶に、

「何を申すのか。今がどう変わろうと、過去は変わりませぬ」

と、相変わらずの親しみをこめて、お民は言った。

「いずれにしても、二十八日はよろしく頼みます。我が子亀次郎にも後ほど引き合わせるゆえ」

と、気味が悪いほどの愛想のよさ。

その時は挨拶しただけで下がったが、浅尾の部屋に戻ってくるなり、

「私の思っていたお民さまと、ご様子があまりに違っていて驚きました」

と、お蝶は告げた。

「あのお方はご態度がころころ変わられるゆえ、次も同じように扱ってもらえるとは思わぬことじゃ」

と、浅尾は疲れた様子で言う。

「ですが、どうして私などに優しい言葉をかけてくださったのでしょう」

お蝶が首をかしげると、浅尾は少し思案した後、おもむろに言った。

「姉君がお持ちのもので、ご自身が持たぬものを欲しておられるがゆえであろうな」

「どういうことですか」

「お貞さまとそなたが仲良うしてるのがうらやましい、もしくは気に食わないとお思いなのではあるまいか」

「それで、私に……？」

「あの方はご息女を持たぬゆえ、総姫さまのことも表向きはたいそうかわいがっ

てくださる。とろけるような笑顔で、わたくしの娘におなりなさいとおっしゃったこともあった。総姫さまは平然としておられたが、私は鳥肌が立った」

その話にはお蝶も怖くなった。

「この度、お貞さまがもうお一方《ひとかた》、姫君をお産みになられたゆえ、お民さまのお心は複雑なはずじゃ。そなたも決して油断はせぬように」

お蝶は無言でうなずき返した。

五

やがて、お蝶の待ちかねた時がやって来た。いよいよ総姫と源次郎に対面の運びとなったのである。

総姫の部屋は浅尾の部屋からさほど離れていなかった。そこではお蝶との対面に備えてだろう、総姫が奥に用意された真ん中の席に座り、その左右には二十代半ばの女と源次郎が向き合う形で座っている。女はお蝶も顔を知る総姫の乳母であり、ここでは七尾《ななお》と呼ばれていた。浅尾の親族であり、源次郎のことも赤子の頃から知っている。

表向き、源次郎は浅尾の親戚の子ということになっていたから、七尾には本当のことを打ち明けていた。

お蝶と浅尾が入っていくと、七尾と源次郎が体の向きをお蝶らに向け直した。

「こちらは、芝浦と申す者にございます。春にも御殿に参ったことがございますが、総姫さまには覚えておられますか」

浅尾の問いかけに、今年五つになる総姫は大きくうなずいた。

「覚えておる。源次郎が連れてきた人であろう？」

総姫のつぶらな目がその右側に座っている源次郎の方へと流れた。

「はい。私も芝浦さまのことを覚えております」

源次郎がお蝶にしっかりと目を向けて、にっこりした。温もりのあるまぶしい笑顔に、お蝶はつと胸が詰まりそうになる。だが、ここで妙な様子は見せられないと、お蝶は心を落ち着かせた。

「総姫さまに覚えていただけましたこと、まことにありがたく存じます。これより、花火見物が終わるまで、おそばにてお世話させていただきます。どうぞよろしくお願いいたします」

総姫への挨拶を終えると、お蝶と七尾は挨拶を交わした。

「芝浦殿、お久しぶりです」

「七尾殿にもお変わりなく」

七尾は総姫の養育を任されているが、加えて源次郎のことも、総姫の従者となれるよう育ててくれている。その礼も言いたかったが、ここではできなかった。

それから、浅尾と七尾は用事があるとして、その場を離れた。しばしの間、お蝶が総姫の相手をするようにとのこと。もちろん、源次郎も一緒である。

「それでは、何をいたしましょうか」

習いごとを申しつけられたわけでもなく、遊び道具があるわけでもない。こういう時、武家の子供が何をしたがるのか、お蝶には分からなかった。寅吉やおよしであれば、そら豆と戯れたり、お蝶にお話をせがんだり、といった姿がごく自然に思い浮かぶのだが……。

「芝浦は面白い話ができるか」

「面白い話、でございますか」

一柳から聞いたいくつもの話が頭に浮かんだが、これまた、総姫がどんな話を喜ぶのか、見当もつかない。その時、

「姫さまは怖い話がお好きなのです」

と、横から源次郎が口を挟んだ。

「まあ、怖い話でございますか？」

予想外の言葉であったが、武家の――それも大名家の娘ともなれば、気質も豪胆なのだろうか。とはいえ、

「あの七尾殿が怖い話をしてくれるのですか」

それも妙な話だと思って確かめると、二人の子供たちは首を横に振った。

七尾が総姫たちに聞かせてくれるお話とは、およそ皆が仕合せになったり、悪人が懲らしめられたりするようなものばかり。総姫はその手の話に飽きてしまった。そして、そのことを二人の兄たちに訴えたところ、彼らは生意気なことを言う妹を怖がらせようと、お化けの話を聞かせたのだ。

ところが、総姫は怖がるどころか、それをいたくお気に召してしまった。鬼や大蛇の話も平気の平左《へいざ》なのだとか。

「だから、芝浦。怖い話を聞かせておくれ」

怖い話と言えば、一柳から聞かされたばかりのものがある。おあつらえ向きに大蛇も出てくるが、大蛇に呑まれてしまうのが幼い少女――つまりは総姫自身と重なるのがよくない。ならば――とお蝶はすぐに心を決めた。

「ある山の麓に猫の親子が住んでおりました。仔猫は雌で、名をおさとと言いました。おさとと母猫は山菜を採りに山へ登ったのですが……」

人間の親子を猫の親子に置き換えて話す。ただし、大蛇が化けるのは人間の若者のまま。

「その人間の若い男は仔猫のおさとを抱き上げて言いました。『私がお母さんのところへ連れていってあげるよ』と――」

話の不穏な雰囲気を感じ取ったのか、総姫が目をきらきらさせている。源次郎はといえば、少し緊張した面持ちで話に聞き入っていた。

「人間の若者と仔猫のおさとはやがて、おさとの母猫のもとへたどり着きました。おさとは喜んで『お母さん』と跳びつこうとします。ところが、若者はおさとを抱き締めたまま放しませんでした。『待って。もう少し一緒にいてほしい』と言うのです。その目が奇妙な光り方をしていました。おさとは怖くなって、ぶるぶる震え出します。すると、若者は『お前はなんてかわいいんだろう』と言って……。その途端」

お蝶は少し間を置いた後、「きゃあーっ」というおさとの悲鳴を少し芝居がかった様子で口にしてみせた。

「わっ……」

源次郎の口から、小さな驚きの声が上がった。総姫は相変わらず目を輝かせ、身を乗り出すようにしている。

「母猫が振り返ると、何ということでしょう、そこに仔猫のおさとの姿はなく、一匹の大蛇が山の奥へ向かう姿が見えたのでした。人間の男は沼の大蛇が化けた姿で、おさとは大蛇に丸呑みにされてしまったのです。大蛇はかわいいおさととずっと一緒にいたかった。でも、それは叶いません。それならば、いっそ自分が呑み込んでしまおうと考えたのでした」

それから、母猫が猫の和尚さんに頼んで、大蛇に報復する件を経て、話は終わった。

「とても面白かった」

総姫はすっかり昂奮した様子で、喜色を浮かべていた。大人のお蝶でさえ、一柳からこの話を聞いた時は怖かったのに、総姫は楽しげに笑みを浮かべている。源次郎の方は怖がっていたようで、その表情が強張っていた。それでも、総姫の手前、怖かったとは一言も口にしない。

それから、猫のおさとがどう、大蛇がどうと三人で語り合っているうち、

「みゃあ」

突然、思いがけない声が耳に飛び込んできた。振り返ると、襖の隙間から一匹の猫が入ってくるところだった。

(これが、噂に聞くお猫さま?)

白茶色の毛は山吹色に近い明るさで、驚くほどきれいに整えられている。

「黄金姫《こがねひめ》、こちらへおいで」

総姫が嬉しそうな声で猫に呼びかけたが、猫はつんと取り澄ました様子で目も向けようとしない。そら豆のような愛嬌のよさは皆無で、時折、チリンと首につけられた鈴の音を響かせつつ、悠然と歩き回るのみであった。

そのご大層な名前は、輝かしい毛色と加賀の金山に由来しているのだとか。

「あら、これはまあ、黄金姫さま」

間もなく七尾が一人で戻ってきたが、こちらは猫に「さま」付けだった。龍之助の「お猫さま」も決して大袈裟ではなかったようだ。

「世話役も連れずに、お一方でお出ましとは何たること」

「黄金姫をもう帰してしまうの?　せっかく、遊びに来てくれたのに」

総姫は残念そうだ。

「以与の方さまのお許しあってのお出ましならともかく、勝手なことはなりませぬ。あちらでも心配して捜しておりましょう」

聞けば、黄金姫の世話をしているのは以与の方に仕える女中たちで、それ以外の者が勝手に世話をするのはご法度なのだとか。

「黄金姫さまを抱いてお連れするべきか。されど、ご機嫌を損ねられても……」

あちらの世話役を呼びに行った方がよいかと、七尾は難しい顔で思案している。何もそこまで大袈裟にしなくとも、とお蝶は思い、

「少し話しかけてもかまいませんか」

と断ってから、ゆっくりと音を立てず黄金姫に近付いた。頭の位置を低くして手を差し伸べ、「黄金姫さま」と猫が驚かぬよう静かな声で呼びかける。黄金姫が足を止め、お蝶の方に琥珀《こはく》色の目を向けた。それ以上は呼びかけず、動きもせず、お猫さまの動きをひたすら待つ。

しばらくすると、黄金姫は尻尾をぴんと立て、ゆっくりとお蝶の方へ近付いてきた。皆が息を詰める中、お蝶は黄金姫が自分の手に顔をこすりつけてくるまで辛抱強く待ち、それからようやくそっと抱き上げた。

「みゃあ」

黄金姫は柔らかい声で鳴き、お蝶の腕の中でおとなしくしている。

「おお、さすがは芝浦殿。では、このまま以与の方さまのもとへお連れしておくれ。これ、源次郎、そなたが芝浦殿をご案内せよ」

七尾の一声で、お蝶は源次郎の案内により、黄金姫を以与の方が住まう御殿の一角へ届けることになった。

「芝浦殿はすごいですね。黄金姫はあまり人に懐かないのに」

長い廊下を歩きながら、源次郎がお蝶に尊敬の眼差しを向けて言う。

「猫を飼っているから慣れているだけよ」

「芝浦殿のお家にも猫がいるのですね」

源次郎は興味津々という表情を見せた。

「ええ。そら豆という、雄の三毛猫なの。茹《ゆ》でたそら豆のような目をしていてね。去年生まれたばかりなんだけれど、ひとりでお留守番もできるし、近所の子供たちとも仲良しで、いつも一緒に遊んでいるのよ」

「いいなあ」

源次郎は心底うらやましそうな声を上げた後、不意に表情を曇らせると、

「総姫さまも黄金姫と仲良くしたいとお思いなのに、おかわいそうです」

と、ぽつりと漏らした。直前の「いいなあ」は源次郎自身の心の声と聞こえたのに、すぐ総姫のことに話を移したのは、幼いながらに主《あるじ》を持つ武士の子の習いなのだろうか。立派だと思いつつ、不憫だとも感じてしまう。今いる場所は、本来の源次郎がいるべき場所ではないというのに……。

「源次郎殿も猫が好きなのかしら」

軽い口ぶりで訊くと、

「はい、私も好きです。黄金姫はとてもかわいいと思います」

と、源次郎は明るく答えた。お蝶の目にはふてぶてしく映るが、源次郎はかわいくてならないという眼差しを黄金姫に向けている。

「少しだけ頭を触ってもいいでしょうか」

源次郎は期待のこもった目をお蝶に向けてくる。思えば、この子から「お願い」をされたことは一度もない。お蝶はふと泣き出したいような気持ちに駆られた。これが、我が子からお願いをされた時の親の気持ちなのか。何ということもない、取り立てて言うほどの願いごとでもない。自分でもどうしてこうも心が揺さぶられるのか分からなかった。

自分の手で育てていれば、おそらく何げない日常にまぎれてしまったかもしれない出来事——だが、今日のこの瞬間を自分は生涯忘れることはできないだろう。

「……大丈夫じゃないかしら。今はおとなしくしているし」

お蝶はできるだけ軽く聞こえるよう、気をつかいながら答えた。

ぱっと顔を輝かせた源次郎は恐るおそる差し出した指先で、黄金姫の頭をちょんと触れた。それから優しく撫で始めると、黄金姫は気持ちよさそうに目を細くしている。ややあって、源次郎は満足した表情で手を離した。

「そんなに好きなら、今度、うちのそら豆にも会ってもらいたいわ」

お蝶の言葉に源次郎はぜひ会いたいと、大喜びである。夢で見たように、源次郎とそら豆が戯れる姿を見ることが叶うだろうか。そしていつか、源次郎を我が子と呼べる日が来てくれたなら——。

やがて、以与の方の部屋近くまで行くと、お猫さまの不在に女中たちが慌てふためいていた。その一人に事情を話して黄金姫を引き渡し、お蝶と源次郎は総姫のもとへ取って返した。

総姫はお蝶が猫を飼っていると知るや、くわしく聞きたがった。その求めに応じてそら豆の話をしているうち、お蝶にすっかり慣れ親しんでくれたようである。

そして、お蝶にとって仕合せな御殿での二日はあっという間に過ぎていき、やがて花火見物の当日になった。

この日、総姫はお民に預けられる形となり、供をする浅尾、七尾、お蝶らはお貞から「よろしく頼みますよ」と声をかけられた。そして、源次郎もまた総姫のお付きとして、板橋の下屋敷へ供をすることになっている。

総姫はこれまで上屋敷を出たことがなく、下屋敷へ出向くことも花火を見ることも初めてであった。当然、源次郎にとっても初めてのこととなる。

「芝浦は花火を見たことがあるのか」

総姫から問われ、「大川の花火でしたら」と答えると、総姫と源次郎からは「わあ」とうらやましげな目を向けられた。

「総姫さまも、間もなく御覧になるのですから」

とはいえ、花火への興味と空想は尽きないらしく、この二日の間、お蝶は問われるまま、これまでに見た花火について何度も語ることになった。

そして、迎えた八月二十八日は幸い、雲一つない秋晴れである。

一行は朝のうちに本郷の上屋敷を出立して、板橋の下屋敷に到着。しばしの休息を経て、昼八つ半に花火見物が始まる。途中、茶菓子や軽い食事なども楽しみつつ、暮れ六つ前には帰路に就くという手はずであった。

世子の又左衛門、その生母の以与、側室のお民と息子の亀次郎、同じく側室のお瀧《たき》とその娘の喜代《きよ》姫、そしてお貞の子である総姫——総勢七名が花火見物に参加する藩主一家の人々である。藩主の子女のうち、総姫だけが生母に伴われず、叔母であるお民に預けられるという形であった。

この七名は「乗物《のりもの》」と呼ばれる引き戸付きの駕籠に乗る。お蝶は源次郎や浅尾、七尾と一緒に、総姫の乗物の横について歩いた。ふつうに歩いて一刻足らずのところを、休憩を挟みながら、倍ほどの時をかけてゆっくりと進む。

やがて、一行は広大な板橋の下屋敷に到着した。現藩主前田吉徳の父が拝領した六万坪の敷地を持ち、その地名から平尾邸《ひらおてい》とも呼ばれている。広さは上屋敷には及ばぬものの、建物の数が少なく空き地も多いため、広々とした郊外の屋敷という感じがした。

花火見物をするにはまさにもってこいである。

又左衛門たち一行は屋敷へと入り、それぞれにあてがわれた部屋で休息を取った後、庭に面した座敷に設《しつら》えられた花火見物の席へ向かうことになった。

花火が楽しみでしようがないという様子の総姫は、休息も取って元気いっぱい。源次郎を引き連れ、浮き浮きしていたが、

「総姫さま」

と、浅尾がしかつめらしい表情で声をかけた。

「お席はお民さまと亀次郎さまのお近くにご用意されているはずでございます。お二方のお姿を決して見逃さず、余所の方々のお席へまぎれてしまうことなど、ございませんように」

「分かっておる。見知らぬ人が何を言うてきても、まずは己の目で確かめるのが先であろう？」

総姫は真面目な表情になって言った。浅尾は大きくうなずいてみせる。

これは、万が一、総姫を困らせたり恥をかかせたりしようという者がいて、余計なちょっかいを出してきた時の対処法ということだ。間違った席に案内されそうになることを想定し、浅尾が総姫をはじめ、お蝶たちにも口を酸っぱくして注意していた点であった。

「それから、この度のお席で、総姫さまはいちばんお年が若うございます。どん

なに些細《ささい》なことであっても、兄上さま、姉上さまに先んじることはなりませぬ。必ず、兄上さま、姉上さまをお立てし、皆さまのあとに続かれますように」

「それも分かっておる」

総姫は先ほどよりも緊張した声で答えた。浮き浮きしていた時のはしゃいだ様子はすでにない。

（こんなに小さな子が無理をして……）

花火くらい好きに楽しませてあげたらいいのに、と思う一方、藩主の子が無事に生きていくためには、こうした用心が欠かせないのだろうとも分かる。

総姫の人生には、こういうことがずっと付いて回る。何とも切ない気持ちに駆られた時、

「大丈夫です、総姫さま」

総姫の傍らで一緒に浅尾の忠告に耳を傾けていた源次郎が、突然明るい声で言った。

「私がちゃんと見ています。総姫さまが間違えないよう、おそばにおりますから」

源次郎の屈託のない物言いに、総姫は救われたような笑顔になると、「うん」

とうなずいた。そのまま源次郎の手を取って歩き出す。そのことを今は浅尾も注意しなかった。

部屋を出たところで、源次郎は総姫の手を離し、その少し後ろへと下がった。やがて、廊下で待っていた案内役の侍に導かれ、総姫の一行は見物席へと到着した。

聞いていた通り、広々とした庭に面した座敷に、見物席が横に広く設けられていた。戸や障子はすべて取り払われ、庭と座敷が一体になったようである。中央に世子又左衛門と以与の席があり、その左側にお民と亀次郎の、その右側にお瀧と喜代姫の席が用意されていた。それと分かるのは、すでに皆がそろっていたからだ。

総姫の案内が最後だった――というのは、何やら引っかかる。他の者はともかく、最も身分の高い又左衛門を待たせるのは非礼に当たるだろう。又左衛門が招く側で、総姫が客人であるならともかく、今回はそうではないのだから。

その上、総姫を案内してきた侍は、藩主一家が出そろった席の端まで来ると、「こちらでございます」とだけ告げて、下がっていってしまった。総姫をその席の近くまで案内する気はないのだ。

お蝶の傍らに立つ浅尾の表情が蒼白になったのが分かった。侍の態度がこちらを軽んじたものである上、意図して行われたものと考えられたからだ。

それでも、浅尾が事前に教え込んでいたことが、功を奏したのだろう、総姫は取り乱すこともなく、自分でお民と亀次郎の席を見つけ、歩き出した。お瀧と喜代姫の席の後ろを通り、続けて又左衛門と以与の席の後ろに至る。

「待ちかねたぞ。楽しみにしていたゆえ、一番乗りはそなたかと思うていたが」

又左衛門が総姫に気づいて声をかけてきた。

「ここへ来るまでにお疲れだったのでしょう。この度の催しにお誘いするのはまだ早すぎたのではありませぬか」

以与が上品な笑い声と共に言う。

又左衛門の言葉は、きついことを言っているようで、その実はただ妹をからかっているだけだが、以与の言葉はその正反対だ。優しい声色で、思いやりのあることを言いながら、その言葉には棘《とげ》がある。

「皆さまをお待たせして、まことに申し訳ございませぬ」

総姫のすぐ後ろにいた七尾が、すぐさま謝罪の言葉を述べた。

「よい。それより早く席に着け」

又左衛門は鷹揚に言い、すぐに庭へと目を戻した。

総姫はそのまま進んで、ようやくお民と亀次郎のいる場所へと到着する。ところが、総姫を迎えたお民と亀次郎は困惑した表情を浮かべた。

「お総よ、そなたはどうしてここへ来た」

と、亀次郎が訊く。

「えっ、席がここだと思って……」

さすがに総姫はあっけに取られた表情になっていた。お民と亀次郎のための場所に、総姫の席は用意されていなかったのだ。

「わたくしは、総姫の席は別のところに設けられたのだとばかり」

お民の色白の肌はわずかに蒼ざめており、その当惑ぶりは取り繕ったようには見えず、真に迫っていた。

だが、ここまで歩いてきたから分かる。総姫の席はどこにも用意されていなかった。以与やお瀧が総姫の席に関心を払わず、いちいち確かめようともしなかったのは分からぬ話ではない。しかし、お民はお貞から総姫の世話を任された人ではないか。自分の近くに総姫の席が用意されていなければ、確かめるのが筋であろうし、ちらと横に目を向ければ、用意されていないことにも気づけたはずだ。

それを今の今まで気づかなかったとは、あまりに下手な言い訳であった。

「どうされた」

その時、傍らの以与から声がかかり、お民が総姫の席が用意されていないことを伝える。

「何ということじゃ。世話役をここへ呼びなさい」

以与が甲高い声を張り上げた。

庭に控えていた侍たちの中から、大槻伝蔵が飛び出してくるのがお蝶の目に映った。伝蔵は又左衛門の前に跪いている。

「総姫の席が用意されていないのはいかなるわけじゃ。この失態、どう責めを負う」

以与が大槻伝蔵を責め立てる。

これが、以与や重臣たちの狙いだったのかと、お蝶にも分かった。伝蔵の失態ではなく、誰かの策謀――いや、それに気づいて防げなかったこと自体が、伝蔵の失態なのかもしれない。伝蔵はこの花火見物でよからぬ謀がめぐらされていると気づいていたのだから。

だが、伝蔵が恐れていたのは花火に細工されることであった。そちらに気を取られていて、席の方には目配りができなかったものと見える。

「母上、もうよいではありませんか」

又左衛門がなだめるように声をかけ、伝蔵に対しては、すぐに総姫の席を設え、花火を始めるようにと命じた。

それから、急ぎ総姫の席が作られることになったが、庭に面したすぐの場所は、すでに六人分の席が配置済みである。まさか、彼らに席を詰めろと言うわけにもいかず、この一列目に総姫の席を新たに設けることはできなかった。

「申し訳ございませぬが、お民の方さまの後ろでよろしいでしょうか」

伝蔵の命令を受けて現れた侍が、恐縮した様子で尋ねてきた。もちろん、一列目の席は十分な余裕を持って設えられていたから、その隙間から庭が見えないわけではない。それでも、藩主の娘である総姫がまるで侍女のように後ろの席に座らせられるのは、屈辱以外の何ものでもなかった。そして総姫は幼いながらにそのことを理解していた。

「……かまわぬ」

総姫はいつしか拳を握り締めていた。その拳を源次郎がそっと両手で包み込み、席を作る侍たちの邪魔にならぬよう、「こちらへ」と引いていく。

総姫も源次郎も立派だった。大人たちの腹黒さを見せられても、腹を立てず、嘆きをあらわにせず、彼らよりもずっと大人のように振る舞えている。

だが、それだけに、見ているお蝶の心は切なかった。

（お貞さまはあたしが思っている以上に、大変なお立場でいらっしゃるのだわ）

以与から妬まれていることは、お蝶も知っていたが、実の妹であるお民もまた決して味方ではない。総姫はお貞に嫉妬する側室たちから、お貞の身代わりにされてしまったようなものだ。

慌ただしく席が調えられていくのを、瞬きもせず見据えている総姫とその傍らに立つ源次郎の姿に、お蝶の切なさと苦しさは深まっていった。

六

やがて、総姫の席が用意されると、お蝶たちもその傍らに座り、又左衛門の一声で花火が始まった。

拍子木を打つ音が聞こえ、何やら合図を送っているらしい。それからややあって、空に一筋の光が上っていくのが見えたかと思うと、少し離れた場所から花火を打ち上げる音が聞こえてきた。

「『虎《と》の尾《お》』と申す花火にございます」

庭先で解説をするのは大槻伝蔵だった。

虎の尾とは猫のそれと同じで、細く長いものと知られている。白っぽい光が空高くに向けて駆け上がっていくさまは、確かに虎の尾のような光の軌跡であった。

「まあ、雷さまみたい」

総姫はそれまでの嫌なことも吹き飛んでしまった様子で、驚きの声を放ったが、お蝶としては思っていた光景と少し違う。

（あれが、花火？）

打ち上げ花火とは、空を埋めるように花開くものと思っていたのだ。実際、大川で見る花火はそうだった。

だが、前田家の花火師たちが作るのは、話に聞く狼煙《のろし》のように、どこまでも空高く上る花火である。

ただ、幸いだったのは、その手の花火は多少後ろに追いやられてしまった総姫の席からでも、十分に楽しめたということだ。

特に、橙色の火花が緩やかな弧を描くように、上っては落ちていく「流星《りゆうせい》」という花火は美しく、見物人たちの口からも歓声が上がるほどであった。

流星にも、一本の線のまま落ちていくものと、上り切ったところで数本の線に分かれて落ちていくものがある。特にいくつもの線に分かれて落ちる流星は、さすがは大名家の花火と呼べる豪華さであった。

お蝶の席からは、庭に控える大槻伝蔵の姿は見えなかったが、解説をする声は時折、聞き取れないながらも耳に届く。

花火見物の席上において、伝蔵の身に何かが起こるのではないかと、お蝶は案じていたが、とりあえずは順調で、伝蔵の声が途切れることもなく、時は過ぎていった。

やがて、ドン、ドン、ドン、ドンと音が立て続けに鳴った。

花火の音のように思われたが、それは鉄砲の音だと説明された。花火を上げていたのは鉄砲方の者であり、それは打ち上げ用の花火が終わったという合図であった。

花火師が花火を上げていたのかとお蝶は思っていたが、そうではなかったようだ。

そこで、いったん休憩を挟み、茶と菓子、軽くつまめるものを載せた膳が運ばれてきた。大人たちには酒も用意されているらしい。

「お休みいただきました後は、この庭先で手持ち花火をご披露いたします」

という伝蔵の声かけで、見物席の人々はいったん休憩を取ることになった。

総姫は源次郎と楽しげに花火の感想を語り合いながら、出された餅菓子を食べている。その笑顔に曇りがないことを確かめ、お蝶は少しほっとした。

もちろん、総姫の心の中で、先ほどの一件がなかったことになってはいないだろう。だが、そのせいで、楽しみにしていた花火見物が、ただ不愉快でつらいだけの思い出になってしまわなくてよかったと思う。

そうするうち、

「これ、お総」

と、気軽に総姫の席へ足を踏み入れ、声をかけてきた者がいた。

「これは、亀次郎さま」

浅尾と七尾が気づいてすぐに頭を下げるのに倣い、お蝶も手をついて頭を下げる。

総姫の次兄、亀次郎は休憩になってから、又左衛門の席へ行き、話をしていたが、それからまっすぐ総姫のもとへ来たようだ。

「兄上がそなたに嫌な思いをさせてすまなかったとおっしゃっていたぞ」

と、亀次郎は又左衛門の言葉を伝えた。それから、ちらと周りに目を向けた後、

「これをやる」

と、袂から取り出したものを総姫に押し付けるように渡し、すぐさま自分の席へ戻っていった。

亀次郎が総姫に渡したのは、懐紙に包まれた干菓子で、菊の形をした落雁《らくがん》であった。

「あらまあ、姫さまの大好物ではございませんか」

七尾が明るい声で言った。

「うん」

総姫は嬉しそうにうなずくと、懐紙ごと落雁を大事そうに手で包み込んだ。兄の気遣いが嬉しいのだろう。聞けば、又左衛門も総姫のことを気遣っているようであり、異母兄妹たちの仲は決して悪くないようだ。

嫌な思いをさせられた後だけに、総姫も周りのお蝶たちも心が洗われたように

なる。

総姫の席のことではいろいろあったが、今回の企みとやらが、それによって世話役である大槻伝蔵を困らせることであったのなら、これ以上は何も起こらないはずだ。

打ち上げ花火の披露も無事に終わった。手持ち花火の披露は藩主一家の見物席近くで行われるだけに、無謀なことを企むには危険が大きすぎる。

ならば、少しは安心してもいいだろう。お蝶はそんなことを思いつつ、そばの銚子《ちょうし》を取り上げ、浅尾に甘酒を勧めようとした。

ドォン――。

その時、先ほどの打ち上げ花火や鉄砲とは比べものにならないほどの轟音《ごうおん》がとどろいた。

「何事かっ！」

人々が口々に叫ぶ。

「いったい、何が……」

「あれは、花火なのか」

「ええい、護衛の者は何をしておる」

訝《いぶか》しむ声に緊張した声、すでに落ち着きを失った声が交互に入り乱れ、その場を混乱させていく。

「皆の者、静まれっ」

混乱が極まるより早く、号令が鳴り響いた。その物言いから、声の主が誰なのか、人々は瞬時に悟り静まり返る。

声をかけたのは、世子の又左衛門であった。

すでに立ち上がり、辺りを睥睨《へいげい》するように見据えている。

「世話役の大槻はおるか」

又左衛門の呼びかけに、「はい、これに」と応じる声が続いた。

「今すぐに避難した方がよいのか」

「いえ。いまだ事態をつかみ切れておりません。闇雲に動けば、かえって危うきに近付くことになりかねませぬゆえ、今はひとまずこちらに」

伝蔵はすでに屋敷内の各所に、人を送って状況を調べさせていると告げた。

「うむ。この場の者はただちに動けるよう支度し、そのまま待つように」

又左衛門の言葉により、見物席の人々はもはや取り乱すこともなく、粛々《しゅくしゅく》と膳を片付けたり動きにくい打掛を脱いだり、といった支度を始めた。

そうするうちにも、様子を見に行った者たちが戻ってきて、次々に報告を上げてくる。その声までは聞こえないが、気配はお蝶たちにも伝わってきた。

緊張しながら次の指示を待っていると、やがて、

「火が出たぞ、厨《くりや》の方だ！」

という声が屋敷の一角から聞こえてきた。

再び、見物席の人々の間に動揺と緊張が走る。

「又左衛門さま、厨はここと離れております。廊下でつながってはおりますが、別棟でございますゆえ、どうかこのままにて」

伝蔵が又左衛門に言上する体《てい》で、他の者たちにも聞こえるよう、それまでになく声を張り上げた。

「鳶たちをこちらに呼んでございますので、ご安心ください」

伝蔵の言葉に、その場の気配は少し緊張が薄れた。

火消しに携《たずさ》わる加賀鳶への信頼は、ここにいるすべての者たちが等しく抱いている。

「今の言葉が聞こえたな。加賀鳶らを信じ、そのまま待つように」

又左衛門も続けて声を張り、緊張した時は続く。

「大事ありませぬぞ、姫さま」

七尾が総姫の傍らにぴたりと寄り添い、その背を撫でている。気づけば、源次郎がもう一方の側から、総姫に寄り添っていた。

「母上さまに……また会える？」

その時、誰にともなく総姫が呟いた。今まで聞いたこともない気弱な声で、お蝶は胸を衝《つ》かれた。

七尾が大きくうなずきながら、総姫の手をぎゅっと握り締める。源次郎もそうしていた。

その表情はお蝶には見えなかったが、思い浮かべることはできた。何が何でも総姫を守ろうとする強い意志がその小さな体から伝わってくる。

（この子は……）

ふと、源太が纏を担いで通りを歩く姿がよみがえってきた。

人を守る仕事に命を懸けていた源太――。そして源次郎は今、総姫を守ろうとしている。さまざまな理不尽や脅威から、幼い主を守ろうとしているのだ。

源次郎は源太の息子なのだと、お蝶はこの時改めてしみじみ思った。その小さな強張った体を、源次郎が守ろうとする総姫ごと抱き締めてあげたいと思う。それが許されるのなら、どんなにいいか。

「ご注進、ご注進」

ややあってから、庭先へ大声を上げながら走ってくる者がいた。それまで行き来していた侍たちとは違い、鳶の格好をした大男である。

「厨の火はすでに消し止められました。怪我人も出てはおりません」

大槻伝蔵に報告された言葉が又左衛門に伝えられ、見物席にもようやく安堵の気配が流れた。

「ようございました。もうご安心くださいませ」

七尾が総姫に言い、総姫も強張らせていた体の緊張を解いたようであった。

それから、物の焦げたようなにおいが、厨から離れている見物席にも漂ってきて、側室たちが眉を顰《ひそ》め、侍たちが責められる一幕もあったが、それ以上の大事に至ることはなかった。

その後の花火見物は中止となり、又左衛門たちは上屋敷への帰路に就くことになる。

厨の火事はお蝶らが聞いた轟音と関わりがあるようだが、正確なところは分からず、事故か付け火かも分からない。伝蔵ら花火見物を取り仕切っていた侍たちが調査に当たるという。

「この不始末についての責めは必ず取ってもらいますぞ」

と、以与は口にしていたが、加賀鳶を控えさせておいたのは伝蔵らの功績でもあった。それによって大事に至らなかったのだから、お咎めはあるにしても厳しいものにはならないだろうと、浅尾は言う。それを聞き、お蝶も安心した。

「さあ、姫さま。参りましょう」

七尾が言って、総姫の手を取り立ち上がった。この場から玄関へと向かい、そこで行きと同じ乗物に乗るのである。

すでに又左衛門らは立ち去っており、総姫が最後であった。

お蝶も浅尾らと共に、総姫のあとに従って歩いていく。

そして、玄関口を出た時、驚くべき景色がお蝶の目に飛び込んできた。

何と、火を消すのに活躍した加賀鳶たちが、藩主一家の人々を見送るべく、その場に跪いていたのである。

(まさか、龍之助さんが……)

とは思ったが、加賀鳶たちは皆一様に顔を伏せている。その中からお蝶が龍之助を見つけ出すことはできなかったし、龍之助も顔を上げない限り、お蝶に気づくことはあるまい。

そう思い、安心して通り過ぎようとした時であった。

鳶の中の一人が、何を思ったのか、ひょいと顔を上げた。お蝶もつられてそちらを見てしまった。

目と目がぴたっと合う。

龍之助であった。そして、お蝶の姿を見つけた龍之助の目は驚愕に大きく見開かれていた。

この作品は双葉文庫のために書き下ろされました。

双葉文庫

し-49-02

芝神明宮《しばしんめいぐう》いすず屋茶話《やさわ》（二）

花火《はなび》

2025年4月12日　第1刷発行

【著者】
篠綾子《しのあやこ》

©Ayako Shino 2025
【発行者】
箕浦克史
【発行所】
株式会社双葉社
〒162-8540 東京都新宿区東五軒町3番28号
［電話］03-5261-4818(営業部)　03-5261-4868(編集部)
www.futabasha.co.jp(双葉社の書籍・コミックが買えます)
【印刷所】
中央精版印刷株式会社
【製本所】
中央精版印刷株式会社

【フォーマット・デザイン】
日下潤一

落丁・乱丁の場合は送料双葉社負担でお取り替えいたします。「製作部」宛にお送りください。ただし、古書店で購入したものについてはお取り替えできません。［電話］03-5261-4822(製作部)

定価はカバーに表示してあります。本書のコピー、スキャン、デジタル化等の無断複製・転載は著作権法上での例外を除き禁じられています。本書を代行業者等の第三者に依頼してスキャンやデジタル化することは、たとえ個人や家庭内での利用でも著作権法違反です。

ISBN978-4-575-67243-5 C0193
Printed in Japan

篠 綾子
芝神明宮いすず屋茶話
埋火
長編時代小説〈書き下ろし〉
芝神明宮の門前茶屋「いすず屋」で働くお蝶をめぐって繰り広げられる人間模様を描く、義理と人情あふれる時代小説新シリーズ開幕！

千野隆司
おれは一万石
国替《くにがえ》の渦《うず》
長編時代小説〈書き下ろし〉
造酒額厳守の触を破ったことで、国替えの話が持ち上がった高岡藩井上家。最大の危機を迎えた正紀たちは、沙汰を覆すべく奔走する――。

千野隆司
おれは一万石
五両の報《むくい》
長編時代小説〈書き下ろし〉
正紀の近習の植村に縁談が持ち上がった。腹心の慶事を喜ぶ正紀だが、市中では複数の武家による白昼の押し込み騒ぎが起きて――。

千野隆司
おれは一万石
銘茶《めいちゃ》の行方
長編時代小説〈書き下ろし〉
本家浜松藩の扶持米と、分家下妻藩が仕入れた銘茶を載せた荷船が奪われた。井上一門を襲った思わぬ災難により、正紀たちも窮地に陥る。

千野隆司
おれは一万石
普請《ふしん》の闇
長編時代小説〈書き下ろし〉
高岡藩井上家に公儀から御手伝普請の命が下った。大名家の内証を圧迫し、破滅をも招きかねぬ難事を、正紀たちはどう乗り越えるのか!?

千野隆司
おれは一万石
民草の激《げき》
長編時代小説〈書き下ろし〉
御手伝普請の費用納付まで半月を切ったが、いまだ残り百両の目処が立たぬ正紀たち。改易の危機の中、市中では不穏な気配が漂いはじめる。

千野隆司
おれは一万石
陥穽《かんせい》の束《そく》
長編時代小説〈書き下ろし〉
御手伝普請によって再び内証が厳しくなった高岡藩井上家。新たな収入の道を探るなか、小原紙を使った商いの話が持ち込まれるが――。

馳月《はせつき》基矢《もとや》

拙者、妹がおりまして①

長編時代小説〈書き下ろし〉

学問優秀、剣の達者、弱点……妹⁉ 本所に住まう小普請組の兄妹を中心に、悩み深き若者たちの成長を爽やかに描く、青春シリーズ開幕！

馳月《はせつき》基矢《もとや》

拙者、妹がおりまして②

長編時代小説〈書き下ろし〉

おなごばかりを狙う女盗人が現れた。岡っ引きの山蔵親分から囮役を頼まれた千紘は危険な捕物に加わることになり――。シリーズ第2弾！

馳月《はせつき》基矢《もとや》

拙者、妹がおりまして③

長編時代小説〈書き下ろし〉

親友の龍治と妹の千紘の秘めた想いを知った勇実。思わぬ成り行きに戸惑うなか、白瀧家の屋敷に怪しい影が忍び寄る。シリーズ第3弾！

馳月《はせつき》基矢《もとや》

拙者、妹がおりまして④

長編時代小説〈書き下ろし〉

勇実とかつて恋仲だったという女が白瀧家を訪ねてきた。驚いた千紘はすげなく追い返してしまう。勇実の心は？ 人気時代シリーズ第4弾！

馳月《はせつき》基矢《もとや》

拙者、妹がおりまして⑤

長編時代小説〈書き下ろし〉

手負いの吉三郎は生きていた。復讐に利用するため、おえんに接近する。傷つきながら成長する「江戸の青春群像」時代小説、第5弾！

山本巧次

奥様姫様捕物綴り（一）

甘いものには棘がある

長編時代小説〈書き下ろし〉

美貌に加え剣の腕も天下一品の大名家の奥方様と姫様が、江戸で起こる難事件を解決していく痛快時代小説新シリーズ第1弾！

山本巧次

奥様姫様捕物綴り（二）

本読む者は人目を忍べ

長編時代小説〈書き下ろし〉

戯作本を愛読する佳奈姫は、お気に入りの戯作者にお調べが入ったことを聞き、さっそく真相を調べ始める。痛快時代小説第2弾！